...curioso pensar...

Rafael F. Atuati

cacha
lote

... curioso pensar ...

Rafael F. Atuati

Mais le moyen de réfléchir et de parler à la fois, de réfléchir à ce qu'on a dit, dit, pourra dire, tout en di-sant, on réfléchit à n'importe quoi, on dit n'importe quoi, plus ou moins, plus ou moins, on se fait des re-proches mal fondés, sans pouvoir y répondre, il s'agit tout de suite d'autre chose, c'est pour ça qu'ils répè-tent toujours la même chose, la même litanie, celle qu'ils savent par cœur, c'est pour essayer de réfléchir à autre chose, pendant ce temps, au moyen de dire autre chose que toujours la même chose, toujours mal toujours la même mauvaise chose, ils ne trouvent pas, ils ne trouvent pas autre chose à dire que ce qui les empêche de trouver, ils feraient mieux de penser à ce qu'ils sont en train de raconter, afin d'en varier tout au moins la présentation, c'est la présentation qui compte, mais le moyen de penser et de parler en même temps, c'est spécial, comme faculté, la pensée vagabonde, la parole aussi, loin l'une de l'autre, en-fin, n'exagérons rien, chacune de son côté, taupes de faïence, c'est au milieu qu'il faudrait être, là où on souffre, là où on exulte, d'être sans parole, d'être sans pensée, là où on ne sent rien, n'entend rien, ne sait rien, ne dit rien, n'est rien, c'est là où il ferait bon être, là où on est.

Samuel Beckett, *L'innommable*

Prólogo

...curioso pensar... reúne contos escritos ao longo de um lustro, nas intermitências de outros projetos.

Cada texto nasce em um momento diferente, sob circunstâncias diversas; talvez, respondendo a um mesmo apelo.

O título advém ao final, com a fórmula acaecida no último conto insinuando-se oportuna para nomear uma coletânea de textos como os aqui *em questão*; bastando-me deixar que a ênfase da leitura recaia sobre o que ela não diz – e aquiescer.

Em sua forma, breve, os textos ensejam-me o recolher de uma *doçura própria*, impermanente, fugidia... enquanto sua tessitura procuraria sustentar um tempo necessário a um outro pensar.

...curioso pensar...
para nada,
talvez,
escrever.

A.

filhas-da-peste

Enquanto estas linhas se escrevem, muitas outras violam a brancura dos papéis, que já não são papéis – haverão sido alguma vez? –, em busca de... uma forma de dizer... da...

Afirmar que estas se tecem no Brasil, no ano de 2020, é fazer uma enorme concessão ao... diga-se: à leitura: um ato de desmesura amorosa. *Talvez*, causada pelos acontecimentos recentes que assolam a todo o...

A *ele* se referem como um escritor. Embora sua insistência em dizer que não escreve. Será um tema para outro momento. *Ele* supera uma vergonha inicial para encarar o desafio de escrever algo, sobre a... bem, sobre o que ele preferiria não..., dizendo-o mediante *A* fórmula, tão cara à difusa comunidade literária.

Ao escrever, pensa que alguns pensamentos poeticamente elaborados em obras como *A peste*, de Camus, e o ainda não traduzido *Le Très-Haut*, de Blanchot – traduzido neste conto como "O Altíssimo" – poderiam acompanhar suas linhas para versar não sobre, nem a respeito de, mas em meio a uma epidemia de alcance mundial; a peste em tempos...

*... *já desaparecidos...*

*

Abre Camus, abre Blanchot. Desliza seus olhos sobre as frases que os romances escolheram para fabular um corpo minimamente coerente, uma história que convocasse a leitura a querer chegar ao final. Comove-se ao notar a radical diferença da abordagem de cada obra sobre um possível tema comum: a peste em Orã, no ano de 194, convive a uma distância infinita – a uma proximidade – da epidemia que teria assolado Paris em meados do século XX. Enquanto o dr. Bernard Rieux, no romance *A peste*, procura manter uma postura pragmática diante dos acontecimentos que estariam dizimando a população de sua cidade, causados por um bacilo transmitido por pulgas que o transportariam dos ratos aos humanos, o funcionário público Henri Sorge, em "O Altíssimo", afirma, em meio a uma suposta epidemia, que não haveria epidemia alguma em curso, que nunca houve nem poderia haver. A mirada de Sorge se sustenta na visão do infinito: num ponto radical – como a letra *aleph* de Borges – capaz de presentificar o desaparecimento já acontecido daqueles que falam, a dimensão de delírio exclusiva aos humanos: sombras errantes portadoras de sonhos tecidos com palavras. Palavras, elas também, já desaparecidas. A radicalidade dos ditos de Sorge procura se sustentar apesar do corpo do personagem padecer os efeitos da suposta epidemia: um abcesso surge em uma de suas pernas, provoca-lhe dores agudas. Sorge sabe, no entanto, que também é um doente. Vive em um sanatório.

*

O telefone toca; uma voz de mulher:

— Amor! Não estou encontrando meu pai.

— Como assim?

— Disseram que *ele* não está mais aqui... no hospital. Está escrito em uma lista que *ele* recebeu alta. Mas minha mãe disse que conversaram agora há pouco. *Ele* pediu que alguém levasse o seu carregador do celular, pois estava ficando sem bateria. Tossia muito, não estava nada bem. Resolvi passar no hospital primeiro para ver se precisava de mais alguma coisa antes de buscar o carregador.

— Que estranho...

— Sim, tem mais duas pessoas na mesma situação que a minha. Uma delas não acreditou na enfermeira que estava falando com a gente e acabou de encontrar a avó em uma sala de choque.

— ... de choque?

— É, um tipo de fase intermediária para os doentes suspeitos de... eles ficam nessa sala, que não é nem a UTI, reservada aos mais graves, nem o ambulatório, onde fica quem apresenta somente sintomas leves.

— Que situação...

— Tem muita gente aqui, amor... muita gente! As pessoas estão desesperadas! Como é que não sabem aonde levaram meu pai?

— ...

— Bom, vou continuar procurando, qualquer novidade te aviso. Te amo.

*

Enquanto *ela* fala de seu pai, do estupor diante da sua ausência inesperada, *ele* acolhe a chegada de alguns traços daquele homem: a pele morena, viçosa; o corpo robusto, de não muita estatura; os ângulos quase retos que desenham o cabelo crespo em sua cabeça de poucas curvas; a arcada dentária com alguns dentes perdidos, de onde emerge um sorriso que deveria ter nascido em sua infância e o acompanha até hoje; a fala pronunciada em rajadas viris, intermitentes, denunciando algo de um excesso, como se as palavras que lhe borbulham antes de serem expelidas carregassem uma impotência diante da força de seus pulmões; órgãos que, enquanto são pensados por ele, fraquejam em reproduzir seus movimentos naturais, diante de uma presença estranha...

*

O dr. Rieux, personagem-narrador de *A peste*, inicia seu relato procurando oferecer ao leitor as condições de veracidade do mesmo. Tudo o que escrevera sobre a doença que teria retirado milhares de vidas na cidade de Orã seria respaldado por relatos de outros que coletara, pelo seu testemunho pessoal dos fatos e por documentos que poderiam servir de provas dos acontecimentos de determinado momento da história. Ele seria um dos primeiros médicos a detectar o advento da peste na cidade; de dentro de uma ambulância, assiste à morte da primeira vítima da epidemia: Michel, porteiro do prédio onde vivia, um senhor rabugento que se recusava a acreditar que a repentina e massiva morte dos ratos poderia ser indício de más notícias para os humanos.

Henri Sorge, personagem narrador de "O Altíssimo", ocupa uma posição mais delicada no enredo: o lugar da verdade: uma verdade originária. Nos diversos diálogos que trava com outros personagens que o acompanham, ele constantemente nega os acontecimentos que a narrativa sugere como reais: afirma que a epidemia, as mortes, o sofrimento dos doentes só estariam acontecendo dentro dos parâmetros de uma Lei superior que tudo regeria. O Estado, as instituições humanas, seriam invencíveis: lutar contra elas era ainda fortalecê-las. Tentar excluir-se da Lei era cair na armadilha criada pela própria Lei. Henri Sorge seria aquele que teria todas as respostas; ele sabia tudo: era o Altíssimo, a encarnação da Verdade. Em nenhum momento do romance há uma abertura para um fora do romance. O fora estaria incluído na narrativa: Sorge, o doente, era o hóspede dessa radical alteridade, era quem poderia estar, sem estar, além da narrativa. Seu trunfo residia no recurso do que chamava seu talismã: ele, com um simples gesto do olhar, poderia retirar o poder das palavras: contemplá-las na superfície brilhante de suas letras; em seu sem sentido absoluto. Nada poderia realmente acontecer fora das palavras. Mesmo quando lhe intimam a escrever e assinar com seu nome uma declaração sobre sua descrença na existência da epidemia, ele não se furta ao desafio. Sorge, em alemão, significa "cura".

⋆

Helicópteros. Hospital. Tarde cinza.

Ela trabalha em um hospital particular de São Paulo. Terminado seu turno, pode finalmente retirar os equipamentos de proteção individual que cobrem seu rosto, suas roupas, seus sapatos. Descarta-os. Pensa em seu esposo que trabalha trancado em casa, nos cachorros que a esperam, famintos; em qualquer coisa que possa afastar as cenas presenciadas nas últimas oito horas, nos últimos dois meses, em que rostos e corpos agonizantes eram consumidos por uma vida invisível que lhes retiravam o tempo de forma atroz.

Enquanto se dirige pelo corredor que dá acesso ao pátio de estacionamentos do hospital, busca a chave do carro na bolsa de couro marrom, presente de sua irmã. Ao sair, escuta um zunido de helicópteros que pairam a algumas centenas de metros do chão; as luzes vermelhas-e-azuis em rotação contínua lhe ofuscam a vista por um instante; um comboio policial cerca a entrada do sanatório, escoltando dois imponentes caminhões de carga que se aproximam da entrada do edifício. Detém-se; aprecia mais uma cena que se oferece aos seus olhos; cansados. Lembra-se do chefe dizendo no começo da manhã: "estamos com 98% dos leitos de UTI ocupados. Se não recebermos mais respiradores até amanhã, teremos que começar a fazer o que já estão fazendo no Norte do país: escolher quem vai ter acesso aos respiradores... e quem não; quem terá alguma chance de sobreviver, e quem..."

Ela supõe que dentro do baú dos caminhões estariam os respiradores esperados pela equipe médica do hospital, destinados a salvar vidas. A presença ostensiva das forças policiais, no céu e na terra, no entanto, traz elementos contraditórios àquele cenário que a faz sentir-se dentro de uma guerra. Como se ela tivesse acabado de deixar uma, dentro do hospital, para encontrar-se com outra, do lado de fora.

Não consegue sentir nada.

Sente-se exausta.

Suas mãos tremem quando volta a procurar a chave do carro.

Escuta-se dizer, em seus pensamentos: até quando isso vai durar?

*

O telefone; outra vez:

— Amor! Achei meu pai!

— Que bom! Onde ele está?

— Transferiram *ele* para um hospital de campanha, aquele que fica no Anhembi, onde tem aquelas exposições. Mas não constava no registro, descobri ligando para Deus e o mundo.

— Sei, sei... igual ao que montaram no estádio do Pacaembu. Como *ele* está?

— Ainda não sei, mas como foi transferido, não deve estar muito bem... ai, amor, temo pelo pior! Será que ele vai morrer? Está todo mundo morrendo nessa merda de pandemia!

— ...

— Bom, te ligo assim que tiver novidades. Vou buscar o carregador do celular na minha mãe e depois vou com a minha irmã ao Anhembi. Não sei se vão deixar entrar, mas tenho que levar o carregador pra ele, pelo menos isso. Um beijo.

⋆

Ele tinha que agir rápido. Sua esposa voltaria a casa após ter ido ao hospital, ter tido contato com sua mãe e, talvez, com seu pai. Deveria ser pragmático como o dr. Rieux, embora, em seu íntimo, soubesse que Henri Sorge estava *coberto de razão*.

Passa um colchão de hóspedes para a sala; prepara o que seria sua cama durante, pelo menos, sete dias, prazo recomendado pelas autoridades para se evitar o contato com potenciais portadores do...

Enquanto prepara sua cama em um canto da sala de estar, lembra-se de que, certa vez, ela, em tom de brincadeira, ou seja, falando sério, dissera que gostaria de queimar aquele velho colchão. *Ela* sabia que outras mulheres haviam se deitado nele antes de que conhecesse seu marido, e pensava nisso quando via *esse* colchão; como se *esse* colchão pudesse lhe devolver seu olhar; como se o tecido que recobre o estofado pudesse preservar algo da presença das outras mulheres que ela supunha terem se deitado com aquele homem que, agora, lhe pertencia; sofria ao supor que o pudessem conhecer como ela o conhece. Queimar o colchão seria uma tentativa de fazer desaparecer essa dor...

* ... que insiste...

*

Ao chegar em casa, *ela* se dá com o velho colchão disposto na sala. Olha-o por alguns segundos. Dirige-se a *ele*:

— Mas já?

— Parece-me necessário...

— ...

— Você esteve em ambientes contaminados, seria prudente tomar algumas precauções; por um tempo.

— Uma semana?

— Aproximadamente.

Ela procura seu lugar no sofá, onde costuma fumar junto a seu marido em alguns intervalos dos dias e das noites. *Ele* afasta sua poltrona a uma distância de dois metros, aproxima uma mesa de centro, improvisa um pequeno pote de vidro como cinzeiro. Fumam; olham-se: a uma nova distância.

— Não vai ser fácil — *ela* afirma, enquanto expira um ar branco que se volatiza no ambiente.

Ele acende com um isqueiro seu tabaco envolvido em uma seda bege, suspensa em seus lábios.

— Não... mas é necessário.

Sua boca feminina se contorce ligeiramente para um dos lados; seu olhar se deita sobre o chão da sala. Uma sutil irritação percorre-lhe o corpo; indaga seu marido:

— *Você* está escrevendo?

— Sim...

— Essa decisão teria alguma coisa a ver com o que *você* está escrevendo? Às vezes eu acho que algumas das suas ideias passam para a realidade. Como se agora, por exemplo, *você* quisesse experimentar esse distanciamento, se servir dele, como costuma dizer, para escrever, para pensar, sei lá...

— É uma maneira de ver as coisas...

— Mas temos que sofrer por isso? Por que *me* incluir nessas suas ideias?

— Se não estivesse escrevendo, a decisão de produzir essa distância temporária se daria de qualquer forma? É uma ótima questão: não tem resposta. Nos coloca nessa margem indecidível em que cada qual dará o passo que lhe estiver ao alcance; devolvendo à questão uma nova possibilidade de se pensar, a partir da própria decisão que se produziu em ato. Não temos como saber aonde nos levará cada uma das decisões com que nossos dias se tecem. Elas, no entanto, nos abrem para o inesperado...

— ... como nos textos que *você* escreve. Não há nada de novo nisso.

— Não...

— Estamos no meio de uma pandemia... isso é inacreditável. Ontem passamos a marca de mil mortos em um só dia. Já são mais de trinta mil em todo o país. Dados oficiais, hein? Que sabemos muito bem que estão maquiados.

— ...

— Você vai colocar isso no seu texto, conto, livro, *whatever*?

— Talvez, de maneira indireta. Não se pode dizer o...; e, no entanto, pede para ser dito. Te escutando, me ocorre que a epidemia só está chegando *agora* até nós. Os números *me* afetam, claro, mas não dizem nada. Paramos na perplexidade ou reagimos de maneira impulsiva, o que já é algo: o... não nos permite a indiferença. Nos desloca, nos afeta, nos ultrapassa. Mas, se a *experiência* é uma das palavras que a época nos convida a pensar, assim como a *sensibilidade*, a epidemia nos acontece de maneira singular uma vez que ela se instala *entre* nós: a partir dessa distância...

— Mas foi *você* quem criou isso, quem está criando isso tudo! *Você* está se antecipando aos acontecimentos. Meu pai foi internado, é verdade, mas está vivo. Minha mãe ainda não apresenta nenhum sinal de contágio, nenhum sintoma. Por que se separar de mim nesse momento? Por que essa crueldade?

— Há algo em questão que não pode ser fabulado; nem tudo é ficção, embora essa possibilidade seja a mais atraente. Há um risco *real*... que nos demanda cuidado.

Juntas, ao mesmo tempo, suas mãos erguem-se em direção ao seu rosto; velando-o, o seguram. Começa a chorar, quase silenciosamente. Ele se comove; hospeda uma tristeza.. Seu olhar se abaixa. Respira. Após algum tempo, lhe ocorre dizer:

— Amor... isso que está acontecendo no mundo inteiro é trágico. Leva a tragédia a um ponto tal que desarma o cômico, objetando o cinismo. O que nos acontece *agora* está para além do alcance da tragédia.

— Poderíamos trepar, ao menos? — ela insinua, com os olhos marejados.

Ele se percebe sorrindo, consentindo a essa verdade tão simples que se enunciou ali, mediante um *corpo* que quer perdurar. Responde em meio aos risos:

— Sim, amor, tem razão. Daqui a uma semana... treparemos como loucos...

— E *você* vai escrever sobre isso também? O Chochô não escrevia sobre essas coisas?

— Quem é o Chochô?

— *Você* sabe muito bem de quem estou falando.

— Não, *ele* não escrevia sobre isso... escrevendo sempre.

*

Ele: — Parece-me que fiz muitas concessões aqui.

Ela: — Deixa eu ler. Por que *você* acha isso?

Ele: — Esse personagem... está muito inverossímil. *Ele* fala como se estivesse escrevendo. Parece o homem do subsolo... Ninguém fala assim...

Ela: — Mas é só um personagem de um conto. Um cara meio dado a escrever, a pensar. Se ele gosta de falar assim... por que mudar isso?

Ele: — Não sei. Estou meio em crise com esse conto. No fundo, acho que *eu* gostaria de criar pelo menos algumas condições para *sentir* o absurdo que estamos vivendo.

Ela: — Por que *você* falou em itálico?

Ele: — É um recurso, sei lá... estarei condenado a sustentar esse jogo meio maluco com a escrita, com a leitura? Deve ser a crise do meio do conto. Pode observar, o meio do livro, de um conto, de uma vida... sempre aparece algo estranho...

Ela: — *Eu* já te disse que não gostaria de fazer parte disso. Mas, lendo o que você está escrevendo, pode ser um tipo de alívio em meio à loucura dos dias atuais.

Ele: — Uma loucura curando outra loucura?

Ela: — Talvez...

Ele: — ...

Ela: — Por que você não vai a campo?

Ele: — Como assim?

Ela: — *Eu* também li *A peste*. Lembro de uma frase do dr. Rieux que *me* marcou. Dizia, mais ou menos, que um homem morto só tem significado se o vemos morrer, enquanto os números dos milhões de mortos dizimados pelas pestes ao longo da história da humanidade se esfumaçam na imaginação.

Ele: — Eu sei... mas quem escreve caminha lado a lado com a presença da morte; em cada linha; em cada signo de pontuação...

Ela: — Bom, não sei... foi só uma ideia.

⋆

Você coloca duas máscaras, uma descartável e uma de pano, sobre o rosto. Apenas os seus olhos ficam descobertos. Antes de sair de casa, pega um pequeno frasco de álcool em gel 70%, guarda-o no bolso interno do casaco. Deixa o apartamento em direção à estação de metrô.

No caminho, *você* observa as ruas da cidade com poucos passantes. Somente mercados e farmácias estão abertos ao público. Os demais comércios estão com as portas fechadas. Seu restaurante favorito do bairro o olha de lado enquanto *você* passa, trazendo-lhe à memória momentos como um almoço de domingo ali: sua esposa e seu filho pequeno brincam um com o outro, sentados à sua frente na mesa, enquanto o prato principal não chega e *você* degusta uma suculenta "*morcilla*" argentina de entrada.

No metrô, a quantidade de usuários é mínima comparada a um dia normal. Todos estão mascarados e procuram manter distância entre si. *Você* olha as pessoas dentro do trem; percebe uma tensão no ar; como se o desconforto que cada um sentisse naquele momento tomasse uma forma pesada, sem peso, que paira nos espaços vazios do vagão. Era uma impressão... apenas.

Você desce na estação Tatuapé, zona leste de São Paulo. Caminha em direção a um hospital público. Quando se encontra a uns duzentos metros do seu destino, começa a ver o edifício maciço recortando o horizonte como uma rocha enorme esculpida com centenas de aberturas vidradas. Em torno do sanatório, uma longa fila de ambulâncias realiza uma espécie de ritual. Uma de cada vez, elas param em frente a uma saída lateral do prédio, recebem uma maca com um corpo, tomam um rumo desconhecido. São muitas ambulâncias. A fila parece não ter fim, pois novas viaturas não deixam de chegar.

Mais próximo da entrada do hospital, *você* percebe um amontoado de gente do lado de fora. Logo entende que se trata de familiares de infectados pela... A sensação que *você* sentiu no metrô, *agora* é muitas vezes mais intensa. Um constante burburinho de vozes acompanha os corpos ali reunidos como se à espera de algo.

A porta central que dá acesso ao saguão do hospital se abre. Um homem de seus quarenta e poucos anos, vestido de branco, coberto por um avental e máscara azuis, começa a transmitir um informe sobre o estado de alguns doentes. Chama-os pelos nomes:

"..., ..., ... e ...: apresentaram ligeira melhora no quadro"; você escuta algumas expirações aliviadas, algumas pessoas se abraçam.

"..., ..., ..., ..., ..., ... e ...: estão estáveis"; *você* vê algumas trocas de olhares resignados.

"..., ..., ..., ..., ..., ..., ..., ..., ..., ... e ...: apresentaram agravamento no quadro respiratório e foram transferidos para a unidade de terapia intensiva"; *você* acolhe alguns rostos se franzirem, alguns corpos se movimentarem bruscamente, algumas vozes se erguerem em tom de inquietação, como se perguntassem algo a alguém.

O médico prossegue: "agora, os familiares de..., ..., ..., ..., ..., ..., ... e ..., venham falar comigo pessoalmente por gentileza".

Neste momento, *você* escuta um grito terrível de uma mulher de meia-idade, esguia, cabelos alisados tingidos de loiro, que está ao seu lado; com um olhar oblíquo, você capta o instante em que seu corpo desaba ao mesmo tempo em que sua boca se abre e suas mãos tentam segurar seus olhos, projetando um uivo agudo que ecoa nos muros e nos vidros do hospital e atravessa os demais presentes: um *Não* maiúsculo, úmido, que se estende longamente e se repete, enquanto aquela mulher sabe, sem que o médico tivesse que lhe dar a saber, que, naquele momento, perdera seu filho, seu mundo, sua vida. *Você* não consegue não conter as lágrimas que agora são as suas, sem poder imaginar a dor que aquela mulher, como tantas outras, estaria sofrendo, devido a uma vida invisível que tomou o lugar de outra vida que ela acreditava ser sua, querida, frágil...

Ao constatar que algumas pessoas caminham em direção ao médico, que se afastara do público e entrara no saguão, *você* decide se aproximar delas. Os seguranças do hospital, postados em ambos os lados da entrada do edifício, com uma atitude mais cordial do que de costume, estendem os braços e convidam os familiares cujos parentes foram nomeados. O médico os aguarda um pouco afastado do centro do saguão, à direita da porta principal, que é ladeada por vidros que vão do piso ao teto. *Você* se aproxima de um desses vidros levemente escurecidos com uma tonalidade esverdeada, tentando evitar que sua imagem ali refletida se misturasse à cena que buscava testemunhar. Na impossibilidade de escutar as palavras que o médico escolhera para informar a cada familiar a fatídica notícia que *eles* jamais quiseram receber, *você* apenas consegue ver a reação daqueles corpos enquanto olham para o doutor; que lhes fala.

Pouco a pouco, cabisbaixos, entre abraços, os familiares vão se retirando do saguão. As mãos do médico se entrelaçam na altura de seu sexo, como se o protegessem, assistindo por um instante à partida dos familiares antes de se virar e desaparecer em um corredor do hospital.

Um homem, no entanto, permanece no mesmo lugar. Só então *você* se dá conta que *ele* não se moveu em nenhum instante durante a fala do médico. Seus olhos parecem não piscar; sua boca parece estar entreaberta; seus braços pendem ao lado de seu corpo; seus pés, fincados no centro da Terra: ardente. Após longos minutos, *ele* começa a sair do torpor. Engole um pouco de saliva. Ensaia alguns passos sem rumo certo. Volta ao mesmo lugar. *Você* supõe que *ele* acabara de perder alguém muito, muito importante. *Ele* olha em direção ao vidro atrás do qual *você* se encontra. Fulminado, *ele* parece não te ver; mas *você* sente que era *como se... ele...* te olhasse.

*

WhatsApp J.P. – amigo
mensagem de voz:
Eeeei... tô sabendo que tá saindo mais um escrito teu por aí, né? Já sabe até o que vou te dizer, imagino. Se for sobre a atualidade, não se esqueça de fazer menção a esse irresponsável-filho-de-uma-puta que está matando mais gente que o próprio vírus por aqui, o outro vírus que temos que aguentar nesse país porque o povo o escolheu! Escreva que ele está pouco se lixando para a saúde da população, alguma coisa sobre as aglomerações que ele provoca ao sair para passear em plena quarentena, contrariando todas as recomendações da OMS, que dois ministros da saúde se demitiram por não conseguirem trabalhar nesse desgoverno! Não tenha pudores, mano, faça isso por mim, por nossa amizade! Tá ok?

...

mensagem de voz:
Meu caro, agradeço a sua sugestão, mas... eu nem sei por que estou te respondendo, talvez só uma amizade tão antiga possa explicar essas palavras, mas você sabe muito bem que não escrevo sobre "atualidades", e

que um sujeito como ele jamais será mencionado em um texto de cunho literário. Para isso estão as colunas dos jornais, os posts do Facebook, etc. Sei que você não vai me entender. Enfim... um abraço, seu monstro!

J.P – amigo mensagem de voz:
Você não tem jeito mesmo... Quando essa merda toda passar, vamos ao estádio assistir um jogo do nosso Coringão. Nós e a molecada. Abração aí!

⋆

Em meio à pandemia, *ele* retorna às suas notas e às passagens sublinhadas nos livros que o acompanham aqui. Para além das construções que considera esteticamente bem logradas de *A peste*, a pluralidade de vozes dos personagens que habitam o livro e que reagem, cada qual, de maneira singular aos trágicos acontecimentos que lhes espreitam, repara na insistência de algumas palavras que se repetem ao longo de toda a narrativa: "recomeçar", "esperança", "felicidade", "libertação". A fabulada suspensão repentina de uma perspectiva de futuro devido à incidência da peste convocaria os pensamentos que se pensam no texto a procurar uma saída; uma resolução diante de alguns impasses. Ocorre-lhe pensar que o autor – não necessariamente Camus – ao não vislumbrar uma saída, faz o romance se repetir em cenas dotadas de inegável beleza, mas que não tardam a se esgotar nos limites da alegoria. Pareceu-lhe desnecessário, ao final, que a um ancião lhe coubesse a tarefa de recitar a chave interpretativa do romance cuja fórmula seria: a peste = a vida, algo que já havia sido muito bem trabalhado nas entrelinhas ao longo de todo o livro.

No entanto, *ele* sabia que era só um personagem de um conto, e era nessa condição que se podia sentir solidário com o esforço de outro livro em se dar a pensar na escrita literária. Solidariedade que só poderia assumir no fracasso dessa empreitada; de *A peste*, do romance como forma, deste conto.

Pensa, enfim, que talvez assim *se* pudessem ler esses brevíssimos fragmentos críticos de outros textos que se inserem *neste*: como se a ficção, oferecendo-se à ficção e sua crítica – outra ficção –, pudesse dar a ver um fracasso ainda mais profundo, mais superficial: singelas práticas escriturais sem valor algum que se exercem *em meio à*...

⋆

Hospital de campanha do Anhembi. 22:14. Frio.

Uma ampla edificação térrea, na qual prevalece a presença do concreto entre as vigas de aço, com 76 mil metros quadrados destinados – até a chegada da epidemia – a eventos culturais, comerciais, artísticos, fora transformada em um hospital capaz de hospedar 1.410 pacientes de baixa ou média complexidade.

Segundo relatos de profissionais da saúde que ali se encontram trabalhando, muitos pacientes contaminados não chegam ao sanatório sozinhos: um difuso sentimento de culpa os acompanha; oferece-lhes algum amparo: além de temer o pior para si, lamentam-se ao pensar que poderiam ter contaminado a seus entes queridos.

Ele não faz exceção a essa antiquíssima forma de individuação. Ocupa um dos vinte leitos que compõem a sala em que se encontra, compartilhando-a com outros pacientes homens cujos destinos ali os trouxe. Sem saber por que, sente-se culpado. Conta 67 anos; de menino, trabalhara na roça, ajudando seu pai a carpir, a plantar, a colher, a tocar algumas poucas cabeças de gado em uma cidade do interior de Minas Gerais. Mudara-se para uma cidade grande com dezoito anos: Belo Horizonte, capital mineira. Lá exercera ofícios como ajudante geral, atendente de bar, porteiro de edifícios de classe média. Até que conhecera *aquela* que viria a ser sua futura esposa, uma jovem cearense que fazia faxina em alguns apartamentos do prédio onde *ele* trabalhava. Quando foi demitido do emprego por uma discussão com um síndico que costumava implicar com seu senso de humor, decide tentar a vida em outra cidade. Pensa em São Paulo, onde um de seus irmãos fora viver alguns anos antes. Quando vai conversar com sua então namorada sobre o projeto de ir morar em outro lugar, em sair de Belo Horizonte, percebe que os olhos daquela mulher o olham de um outro jeito, de um outro ângulo; quando termina de falar, *ela* lhe responderia, sem pensar: vou contigo!

Enquanto seus pulmões, que em quase sete décadas nunca antes haviam padecido qualquer impedimento de funcionar como uma máquina sem falhas, se movimentam com a ajuda de um pequeno aparelho eletrônico conectado à tomada, *ele*, sem poder contar com a presença de seus familiares, é visitado por esses e outros momentos selecionados de sua vida; uma vida vivida que, *agora*, se dava a reviver no mundo de seus pensamentos; no espaço das palavras e das imagens. Enquanto pensava, recebia algum conforto através de suas lembranças. Às vezes, chorava; às vezes, sorria; sozinho; de olhos fechados ou abertos mirando o teto bastante elevado do pavilhão de exposições convertido em hospital, cujas alas eram separadas apenas por divisórias sem tetos. Um bipe intermitente de sua monitoração cardíaca, passos de algumas enfermeiras que circulam pelo corredor central da sala, conversas que chegam enfraquecidas da enfermaria ao lado, alguns feixes de luz natural que se filtram no interior da sala passando por cima das divisórias, compõem o outro ambiente em que sua vida luta para sobreviver a uma infecção causada por outra vida: que avança, aos poucos, para o que pareceria ser uma vitória sem vencedor: já acontecida.

⋆

Ele: — Tem notícias do seu pai?

Ela: — Não, estou preocupadíssima com o silêncio dele. Já se passaram três dias e nenhuma novidade. Eu levei o carregador do celular, mas não vi se entregaram. Na porta do hospital de campanha, me disseram que os familiares seriam informados diariamente por telefone sobre o estado de saúde do paciente, entre as 15 e as 17 horas. Mas até agora nada. Li no jornal que os profissionais de saúde do Anhembi estavam realizando protestos, denunciando falta de EPIs e de condições adequadas de trabalho. Meu celular...

> **02134845**
> **mensagem de texto:**
> O PACIENTE ... ... DA ..., 67 ANOS, FOI TRANSFERIDO PARA O HOSPITAL DE CAMPANHA DO PACAEMBU.

Ela: — Merda! — sua voz falha.

Ele: — O que houve?

Ela: — Transferiram meu pai para o Pacaembu. Para lá vão os pacientes mais graves, isso é um péssimo sinal! Não posso acreditar, *ele* sempre foi tão forte...

Ele: — ...

Ela: — Quero ir até lá. Quero estar perto d*ele*. *Você* vem comigo?

Ele: — Mas não vamos poder entrar no est... no hospital.

Ela: — Não importa! Vamos mesmo assim? Me acompanha?

Ele percebe seus pulmões enchendo-se de ar; expira; acena com a cabeça, consentindo.

⋆

Você revisa a sua bolsa. Confere se leva o que precisa levar. Tateia o recipiente plástico com álcool em gel 70%. Coloca sua máscara N95. Quando está pronta, olha para *aquele* que te acompanha, que veio a ser seu esposo há um par de anos, que *você*, às vezes, se pergunta se algum dia deixará de sê-lo. *Ele* te olha com um olhar sem palavras; decidido. Você gira a porta da chave do apartamento onde moram e percebe seu olhar demorar-se um instante a mais nesse movimento tão simples e cotidiano; quando dá por si, já está na rua.

Vocês decidem ir a pé até o hospital de campanha do Pacaembu; não fica muito longe e consideram mais seguro do que tomar um uber.

Durante a caminhada, *ele* permanece a pelo menos dois metros de você, respeitando o que fora combinado. A falta do braço que você gosta tanto de se apoiar enquanto caminha te traz um leve pesar; sente o impulso de fumar um cigarro; percebe que a cigarreira ficou em casa. Você sente vontade de conversar, mas a distância que mantêm enquanto caminham, além das máscaras, tornaria difícil o que poderia ser um diálogo.

Você se sente só. Pensa em seu pai. Prefere não imaginar como estaria sua aparência em um dos tantos leitos montados em cima de um campo de futebol, que se transformara no hospital dos infectados mais graves. Talvez para afastar essas imagens, *você* se percebe lembrando de seu pai em sua infância; quando *ele* era o zelador de um prédio residencial no bairro do Campo

Belo e *você* e sua *irmã* brincavam com as outras crianças que moravam ali, às escondidas. Lembra-se de como *ele* era mais jovem, forte e como brigava com *você* e se arrependia logo em seguida. Sente como se aquele tempo não tivesse passado nunca, como se tivesse sido um sonho do qual *você* preferiria não despertar. Nesse sonho, tudo era mais... *presente*. E só *agora* que, talvez, o seu pai esteja por te deixar, *você* parece captar a importância desses momentos que te chegam à memória como uma forma de amparo, uma dor, sustentando as linhas que viriam a lhe delimitar um mundo possível, criando o olhar através do qual *você*, não podendo *se* ver, *se* dá a ver na imagem que os outros te devolvem: não sem essa distância.

A imponente estrutura de concreto armado, de forma ovalada, pintada de uma cor que *você* classificaria entre o amarelo e o bege, não sendo creme, se insinua no horizonte. *Ele* permanece dois metros à sua frente. *Você* lê em seu semblante, quando *ele* se vira para te olhar, um ar de preocupação. *Você* sabe que *ele* se afeiçoara por seu pai, que entre *eles* se criara uma silente cumplicidade masculina, uma forma de amor velada, sutil, que aproxima os homens em sua dor de maneira quase inconfessável. *Você* se lembra de quando *ele* comentara que nunca tinha visto seu pai tão feliz como no dia do casamento de *vocês*. *Você* concordara com aquelas palavras, sem deixar de notar também a tristeza que acompanhava a felicidade naquele dia.

A silhueta do Pacaembu cresce à medida que se aproximam. O amplo pátio de estacionamento em frente ao estádio está parcialmente ocupado por ambulâncias, alguns carros de passeio e viaturas policiais.

Ele se vira; lhe dirige a palavra: *Você* vai tentar entrar?

Você hesita alguns instantes; logo responde:

— Sim...

— Então vamos.

Ao entrar no pátio de estacionamento, seus batimentos cardíacos se aceleram. Agora, *você* pode escutá-los. *Eles* sempre bateram, mas nem sempre se escutam. *Você* avança. Quando se encontra na metade do pátio, a cinquenta metros da entrada do estádio, *você* avista um furgão com um baú cinza em cujas portas estão pintadas três letras pretas: IML. Elas se decifram em *você*, *à medida que* a sua voz, mesmo em pensamentos, se permite ler, se escutando: Instituto Médico Legal. Um senhor com uma camiseta vermelha, calça cargo e um boné marrom se acomoda na cabine do furgão, dá partida, dirige-se para fora do pátio. Seus olhos acompanham o movimento do veículo; em silêncio.

O portão principal do Pacaembu, duas grandes chapas de ferro cinza escuras, postadas após um recuo de vinte metros da estrutura de concreto que suporta as arquibancadas, é a última barreira antes de se ter acesso ao gramado; ao sanatório.

Você caminha em direção ao portão. Encontra uma mesa onde duas profissionais da saúde trabalham, no que pareceria ser uma espécie de recepção. Pelas frestas das chapas de ferro, é possível entrever as tendas brancas que abrigam os leitos; uma bandeira do Brasil, ladeada por outras duas, a do Estado e a da cidade de São Paulo, dão um aspecto institucional, militar, de uma instalação provisória em uma situação de guerra.

Ele se detém a alguns metros da entrada, enquanto *você* troca algumas palavras com as recepcionistas que permanecem incompreensíveis para aquele que te espera. *Elas* te respondem sem poder acolher a sua demanda, mas *você* entende que não poderá cruzar o umbral que te separa do lugar onde seu pai se encontra.

Você retorna ao encontro de seu marido, cabisbaixa. Em um ímpeto de imprudência que não pôde conter, entrega-se a seus braços, abraça-*o*. Apoia sua cabeça em seu peito, aproximando seu corpo daquele outro corpo, querendo-se unir a *ele*, e sem nenhuma explicação para dar nem por receber, apenas chora um choro que precisa de suas lágrimas, de ambos os corpos, para logo acolher um grito que não poderia ser só seu, que te invade, que se espraia:

— *Pai! Pai! Paizinhooo! Por quê?!*

Ele, que já havia consentido em te devolver o abraço, que ajuda a sustentar o seu corpo nesse momento sensível, encosta os lábios na sua cabeça, desfere um beijo entre os seus cabelos que te chega à região da sua têmpora qual um bálsamo, precário, mas suficiente para *você* levantar o olhar, buscar os seus olhos, dirigir-lhe uma pergunta:

— Será que *ele* vai resistir, amor?

— *Eu* não sei... esperemos.

⋆

Ele termina o conto que esteve escrevendo. Lembra-se que o talismã de Henri Sorge, produzido com um golpe de vista diante de um texto que se lhe oferecia à leitura, possui uma fórmula escritural. Esboça a seguinte tradução:

"Eu mantive o texto na mão, não o li e, no entanto, que mudança! As letras brilhavam, cintilavam: nelas, se iluminavam milhares de outros signos, frases de todos os tipos, giros vergonhosos, despóticos, fantasias do homem em êxtase, gritos de animais selvagens... e de toda essa devassidão, a lei formou uma sentença sem falha, definitiva: um céu irrefutável para todos."

Imagina algo como um exercício de pós-leitura em que o conto que escrevera poderia sugerir:

Destacando as páginas do livro onde estaria publicado, *aqueles* ou *aquelas* que realizassem esse ato poderiam dispô-

-las em alguma superfície plana, lado a lado, acima e abaixo, na ordem que bem entendessem, formando uma espécie de cartaz de letrinhas. Conviria, então, unir as páginas com algum tipo de fita adesiva, de modo tal que se pudesse segurar esse novo objeto textual com ambas as mãos. Em um espaço aberto, como um parque ou uma praça, quando fosse elevado ao alto por *essas* mãos e colocado contra a direção do sol, filtrando a sua luz, *talvez* se pudesse reproduzir algo próximo da experiência de não-leitura de Henri Sorge. A ruptura de uma linearidade prévia, a criação de uma distância ampliada entre os olhos e o texto e a oportunidade de vislumbrar o reluzir de cada letra poderiam, sem realmente poder, suspender a autoridade das palavras: devolvê-las ao seu silêncio original.

a última defesa

Manhã de domingo, sol das onze e meia, campo de futebol de várzea. Meados do primeiro tempo: a bola sobra na entrada da grande área para um meia-atacante, que a arremata em cheio com o peito do pé. A pelota inicia sua veloz viagem em linha reta, com destino ao ângulo esquerdo da meta defendida pelo goleiro.

Dos 35 anos vividos até então, conta trinta exercendo esse delicado ofício: defender o arco contra as investidas adversárias. A primeira memória que guarda das experiências com o futebol remonta aos cinco anos de idade. Jogava bola com os colegas na escola, em uma quadra construída em meio a árvores que filtravam a luz do sol enquanto as partidas aconteciam. Ainda não tinha posição definida e se aventurara na linha. Recorda ter feito um gol ao mesmo tempo que o seu melhor amigo de infância: ambos teriam chutado a bola de borracha juntos, cada um acertando uma das metades na mesma e precisa direção. Uma pergunta emerge: a quem se poderia atribuir a autoria daquele gol?

O corpo do goleiro capta a futura trajetória da bola em uma fração de segundos; inclina-se sutilmente para a sua esquerda, iniciando um deslocamento calculado de dois passos curtos e ligeiros. A bola ganha velocidade e altura, desprendendo alguns grãos de terra enquanto corta o ar e gira delicadamente sobre o seu próprio eixo.

Lembra ter encontrado, quando criança, uma estatueta de ferro na casa dos avós maternos. Cor preta, moldando a figura de um homem ereto, ligeiramente inclinado, com as mãos segurando uma bola de futebol junto ao peito. Um detalhe no uniforme – uma generosa gola em "v" – se destaca como signo de um tempo: remete à indumentária dos jogadores nas primeiras décadas do século XX. A base circular, também de ferro, na qual se apoia a figura apresenta deformações irregulares, marcas cravadas no metal que sugerem quedas e impactos aleatórios. Reiteradas vezes tentou decifrar aqueles traços, supondo que encobriam letras gravadas na pequena estátua, as quais lhe permitiriam descobrir alguma inscrição. A única informação que obteve sobre a origem do item veio da mãe: provavelmente, teria pertencido a um de seus bisavôs que praticava corrida. Embora a postura, o fardamento e a bola entre os braços deixassem pouca margem para não nomear a figura como a representação de um goleiro, essa palavra ficou em suspenso; a estatueta permaneceu-lhe um enigma. Algum de seus ancestrais também escolhera defender o gol?

Ao fim do segundo passo lateral, o corpo do goleiro apoia seu peso sobre a ponta de seu pé esquerdo; o joelho da mesma perna se flexiona, enquanto o pé direito perde o contato com o solo. Numerosas fibras musculares se contraem ao longo de sua perna de apoio e abdômen, preparando o salto. Seu braço direito inicia um movimento arqueado, afastando-se do tronco para se dirigir ao alto, por sobre a cabeça.

Quando descobriu que seu pai também jogara no gol quando moço, já havia escolhido seu lugar debaixo das traves. Isto lhe dava a ilusão de que sua decisão fora realmente original, de que não haveria sido influenciado pelo pai. Deste preferia reconhecer outra transmissão inequívoca: a do time do coração. Paixão que o marcaria desde cedo, tornando-o cúmplice de palavras como povo, massas, trabalhadores, imigrantes, loucuras.

A bola continua riscando sua linha reta, diminuindo a distância que a separa de seu alvo. Ganha ainda mais velocidade e altura. Os jogadores de ambos os times acompanham sua trajetória à medida que refreiam seus movimentos e sua respiração. Expectantes e momentaneamente impotentes, aguardam o desenlace da jogada, cada qual observando de uma visada singular.

Antes de ter a honra de vestir a camisa número 1 do Cruzeirinho do Tatuapé, o goleiro havia atuado por diversos times, tanto no futebol de campo como no futsal. Nesta modalidade, um pouco mais de destaque: federou-se, disputou campeonatos junto a atletas profissionais e chegou até a jogar uma temporada em um time do exterior. Um dos motivos, para não dizer o principal, que o levou a deixar o futebol de campo e a se dedicar ao futsal fora sua estatura: modesto 1,70 m, impossível de ser compensado com agilidade e impulsão segundo os critérios do futebol moderno. No entanto, sua paixão sempre fora voar, buscar as bolas mais difíceis que tentavam fugir ao seu alcance nas longínquas extremidades do gol do campo; operar milagres.

A memória corporal de repetidos movimentos inscritos ao longo dos anos no corpo do goleiro o habilita para a decolagem. A força gerada pelos músculos contraídos se transmite e se concentra nos dedos do pé esquerdo, único apoio de seu corpo no instante em que é projetado para o alto e para a esquerda. Começa a subir.

Guardara poucos registros fotográficos de suas atuações. As câmeras ainda não haviam sido acopladas aos dispositivos que viriam colonizar – ganhos e perdas mediante – a percepção e a interação dos viventes no século XXI, o que o obrigava a recriar em seu imaginário as performances de suas defesas, às vezes contando com os efusivos relatos de seus companheiros de time. De seu pai, que tinha o costume de assistir a algumas partidas em que atuava, esperara em vão algum comentário mais eloquente, algum gesto de entusiasmo, uma palavra que acrescentasse algo aos seus feitos debaixo das traves. Com o tempo, aprendera a conviver com a ausência dos elogios que lhe recusava e a apreciar o que lhe oferecia: uma presença silente.

O corpo do goleiro começa a escrever uma parábola entre o chão de terra e algo de grama e o céu despejado. Em breves instantes, encontra-se estirado a mais de um metro do solo e em posição horizontal no vazio. Seu braço direito prossegue o movimento em arco e começa a se estender em direção à forquilha que une a trave com o travessão; seu braço esquerdo permanece levemente solto rente ao tronco, oferecendo-lhe equilíbrio. A bola alcança sua velocidade máxima a centímetros do gol.

Das inúmeras defesas que realizara ao longo dos anos, algumas ganharam o direito de permanecer marcadas em sua memória, seja pelo maior grau de dificuldade de sua execução, seja pela repercussão decisiva no resultado de uma partida ou de um campeonato. Mantinha-as catalogadas em seu repertório. E, mesmo após tantos anos de ofício, sabia que ainda lhe faltava uma em especial: ir buscar uma bola no ângulo superior esquerdo com a mão trocada.

O sol se aproxima do meio-dia e os corpos e objetos que compõem o cenário da partida apenas insinuam pequenas manchas de suas figuras no chão, sem formas definidas. No momento da defesa, no ápice do voo do goleiro em direção à bola, maiores são as proporções que sua sombra exibe no campo de jogo.

Quando as situações de uma partida lhe permitiam realizar alguma defesa importante, a recriação imaginária dos movimentos executados acompanhava o goleiro por alguns dias. Seus devaneios viam-se povoados por cenas que eram degustadas de diferentes perspectivas, arrancando-lhe uma satisfação infantil; o repuxar de um dos cantos da boca e um curto riso aspirado ofereciam-se indiscretos.

⋆

A vertigem de uma queda que não se interrompe: um corpo que, tendo alcançado seu auge, vislumbra seu ocaso. Ainda que pudesse contorcer-se no ar após ter desviado a bola por cima do travessão, sustentando as pernas na horizontal por mais tempo do que o necessário, tratar-se-ia de uma manobra com efeitos mais estéticos do que eficazes contra a gravidade. Como uma mesóclise em um texto contemporâneo.

O corpo do goleiro começa a cair. Sua sombra se encolhe no chão; que se aproxima.

Diante do descenso inevitável, três possibilidades lhe ocorrem; disputam seu destino. A primeira sugere que o goleiro tome uma decisão inusitada: comece a despir-se no ar. Propõe-lhe alguns movimentos abruptos em três tempos: 1) girar em sentido anti-horário sobre o seu eixo horizontal, ficando de costas para o solo, ao mesmo tempo em que retira sua camisa puxando-a por cima dos ombros e seus pés agilmente se revezam para empurrar as chuteiras na altura dos calcanhares e as atirar para longe; 2) realizar um movimento de abdominal completo, trazendo os joelhos junto ao peito, para que possa retirar a calça, a cueca e os meiões que estão postos por cima dela com uma só puxada enquanto volta a estirar o corpo; 3) uma vez nu, quase rente ao solo e tendo o sol a lhe ofuscar a visão, colocar ambas as mãos atrás da cabeça, devolver-lhe um irônico sorriso aos céus e aguardar o seco impacto de seus ossos com a terra. Ao final da análise desta alternativa, uma questão se insinua: não teria tido tempo de retirar suas luvas.

A segunda alternativa se apresenta como mais simples, não menos heroica: transposto o apogeu da parábola, bastaria ao goleiro realizar um giro horizontal no sentido horário, de modo a encarar de frente a dureza do chão que se aproxima; desinvestir seus membros de todo e qualquer esforço, abandonando-os ao longo do corpo, enquanto desfruta, inerte, do prazer da gravidade. Ao imaginar o solene desenlace desta alternativa, em que o corpo do goleiro com sua face inexpressiva se esfacelaria em mil pedaços no terreno pouco gramado do campo, lhe ocorre pensar que este destino trágico só faria sentido se houvesse espectadores. O goleiro, então, antes de arrebentar-se indefeso no chão, giraria o pescoço em direção à sua grande área, procurando os olhares angustiados de seus colegas de time que o veem cair.

A terceira e última opção, que se processa juntamente com as anteriores em uma mesma fração de segundo, advoga pela continuidade do movimento. Como alternativa às opções trágica e cômica que se oferecem ao goleiro, sugere-lhe que se dedique a pensar como realizar os movimentos necessários para a queda com um esmero tal que a tornasse tão digna quanto a subida. Aposta que, também na queda, poderia haver uma erótica que não lhe conviria desprezar.

O braço direito do goleiro estirado para o alto se recolhe lentamente; seu braço esquerdo, antes solto ao longo do corpo, agora se posiciona junto ao tronco com o antebraço flexionado na altura das costelas, oferecendo-lhes proteção e igualando sua posição com o braço oposto. Ambas as pernas se encolhem, com os joelhos levemente dobrados. Todo o costado esquerdo do seu corpo está preparado para amortecer o impacto do solo.

O campo de jogo está cercado de algumas fileiras de árvores que oferecem uma ampla região de sombras para os poucos espectadores que acompanham a partida. A centímetros do solo, os olhos do goleiro se dirigem para o alto de uma delas... e *nada* vê.

*dilú*vio

Digamos que houvesse uma casa; um apartamento em reforma para a mudança de uma família de classe média composta por um homem, uma mulher e uma criança: um menino de nove anos.

Digamos que houvesse, em uma manhã ensolarada, no banheiro, um pedreiro tentando haver-se com um registro hidráulico quebrado diante do seguinte dilema: quebrar a parede do sanitário e substituir a peça completa e o encanamento em seu entorno, ou retirar somente o miolo danificado do registro e trocá-lo por um novo.

Digamos ainda – para esgotar a fórmula – que os viventes-em-mudança e seus pertences já se encontravam naqueles sessenta e poucos metros quadrados, espalhados em algumas dezenas de caixas dispostas no piso do imóvel.

Este seria o cenário mínimo no qual, durante algumas horas breves, a retirada precipitada de uma pequena peça de metal embutida na parede daria lugar a um inusitado fenômeno não natural: uma inundação interna que viria banhar, com uma água fria e transparente, pés, móveis, livros, esperanças, ao recobrir todos os cantos do piso do apartamento com uma sentença definitiva.

Se estas linhas pudessem ser tão transparentes como a água e sua sentença, talvez conseguissem sussurrar que nada disso teria acontecido fora deste conto. Como não podem, decidem "encarnar" alguns personagens. Como um homem que, no meio do apartamento, no corredor entre a sala e o banheiro, assiste ao momento preciso quando, desenroscado o registro da parede, um potente jato de água emerge do buraco entre os tijolos e atinge o peito do pedreiro, fazendo-o recuar dois passos e se esquivar da direção da água, enquanto seu corpo sente o choque causado pela temperatura do jorro e pelo repentino golpe.

Seus olhos agora acompanham o fluxo do líquido que rapidamente avança em sua direção, depois de transbordar os limites do sanitário. A intensidade com a qual a água sai de sua fonte torna irrisória as duas tentativas do pedreiro para tampar o buraco com a palma da mão: não aguentou ali nem um segundo. Com as roupas encharcadas, a respiração ofegante, tendo se afogado a contragosto, o pedreiro dirige um olhar impotente àquele que, no corredor, acompanha a vinda da inesperada enchente em sua casa, prevendo que não teria tempo para salvar aqueles móveis recém-comprados, aqueles livros adquiridos ao longo dos anos, aqueles pés que agora sentem a temperatura do elemento primordial de onde a vida teria vindo, enquanto exclama: H-O-H...

Ele sabe que logo terá que buscar um rodo para combater a inundação que se iniciara em sua casa. No entanto, permite-se demorar alguns instantes diante do singelo espetáculo que o incidente oferece aos seus olhos. Ocorre-lhe pensar na fragilidade à espreita de cada situação cotidiana, em que alguma palavra dita de viés, uma troca de olhares fugaz ou uma decisão repentina pode dar lugar ao inesperado, abrir passagem ao que era pura potência antes do ato que lhe ensejaria o devir. A ausência de erro em sua maneira de conceber os dias nos quais pensa viver lhe permitem, àquele homem, contemplar o sutil desenlace dos instantes que se sucedem um ao outro, eximindo de culpa ou responsabilidade qualquer suposto agente que quisesse sustentar a pretensão delirante de poder transformar o fluxo daquilo que, vindo sempre, sem chegar a vir, realiza sem realizar o que jamais poderia ter acontecido. É nesta zona de indeterminação que o personagem aqui encarnado saberia, enquanto vive sua versão de um dilúvio caseiro, que estaria fadado a versar em um conto as peripécias do fluxo – criando-as – que escapou pelo furo na parede.

Dizer que o conto, então, teria começado a se escrever enquanto a inundação avança pelos cômodos do apartamento 41 do edifício Santa Luzia, no bairro Vila Mariana, em São Paulo, seria impreciso ou arbitrário. Fato é que, sem pensar, o homem empunha um rodo que encontrara na área de serviço e começa a realizar movimentos rápidos e vigorosos para devolver a água em sentido oposto ao do fluxo que vem do banheiro localizado no fundo do corredor. Por sorte, há um lavabo no meio do corredor com um generoso ralo aberto próximo à porta, e que pode servir para escoar parte do excesso de água.

No primeiro quarto, o menino, que dormia um sono leve, acorda. Desavisado, ao sair da cama mergulha ambos os pés no riacho que se formara em seu quarto, enquanto percebe alguns brinquedos flutuarem junto ao pé da escrivaninha. Desorientado, chama:

— Pai?

— Fala, filho.

— O que está acontecendo?

— O registro do banheiro quebrou e está vazando muita água. Pega um rodo e vem ajudar.

— A água está fria!

— ...

O menino mesmo assim obedece, arranja uma vassoura, por falta de rodo, e se soma aos esforços de seu pai, do pedreiro e seu ajudante para puxar a água dos cômodos e levá-la para os ralos dos banheiros e da área de serviço.

Supostamente, a válvula do encanamento do edifício já deveria ter sido fechada pelo Geral, apelido do zelador do Santa Luzia. Mas como a fonte não cessava de vazar, o homem decide deixar o rodo e ir atrás do zelador para lhe avisar que alguma providência alternativa seria necessária.

Desce as escadas correndo.

Ao encontrar o Geral na portaria, dirige-lhe palavras que agem como se o tivessem pegado pelo braço ou pelo colarinho da camisa e o colocado no elevador, levando-o ao último andar, subindo as escadas que dão acesso à cobertura e movimentando suas mãos que, sem saber o que faziam, fechavam o registro principal do prédio, secando, enfim, a fonte do vazamento de onde já havia jorrado água suficiente para recobrir cada centímetro quadrado do apartamento 41.

O homem liga para o celular do pedreiro:

— *Marcelo! Parou de vazar aí?*

— *Sim senhor, agora parou.*

— *Ok. Já desço aí.*

Geral tenta se desculpar pelo ocorrido, alegando que havia fechado o registro que acreditava ser o correspondente aos apartamentos de final 1. Pergunta se o apartamento do homem havia ficado muito molhado, ao que este esboça um sorriso oblíquo, desviando o olhar, contemplando a vista que o topo do edifício, em uma região alta da cidade, lhe oferece:

um céu-azul despejado de nuvens com o sol a brilhar às onze horas recobre um horizonte recortado pelos altos edifícios da região da Avenida Paulista que se avistam dali; a oeste, a imponente construção em tons cinza-escuros da igreja do bairro, Santa Margarida Maria, marca o início da fotografia panorâmica que o homem começa a registrar sem câmera alguma, enquanto varre com os olhos girando a cabeça de oeste a leste, desenhando mentalmente os contornos e os detalhes daquela paisagem urbana que se lhe descortina no instante irrepetível que está a viver, desatado graças à água que inundara sua casa, molhara as caixas onde estão seus livros, levara-o ao topo do prédio de onde vislumbra as árvores do cemitério da Vila Mariana, à sua frente, antes de terminar seu gesto avistando outras, as do parque da Aclimação, à sua direita.

Quando abandona o que vê, retornando ao olhar-nosso-de-cada-dia, prepara uma resposta ao Geral, não sem antes observar, em uma fração de segundo, a robusta compleição física daquele senhor cinquentenário, cuja musculatura ainda insiste em se insinuar por trás de uma pele marcada por certa perda de elasticidade, assim como alguns fios brancos na altura da costeleta e nas raízes de um honrado bigode, quais inequívocos rastros da ação do tempo.

— Tá tudo molhado, Geral. Os quatro cantos do apartamento.

— Eita porra...

— ...

Geral coça a cabeça, abaixa a vista. O homem comenta que precisaria utilizar o terraço da cobertura para colocar seus livros para secar.

Descem as escadas até o quarto andar.

— Pai, a água parou de sair! — afirma o menino.

— Que bom, filho. Agora temos que continuar a secar o piso.

— Estou cansado, pai.

— Consegue continuar um pouco mais?

— Acho que sim...

— ...

Passariam quase duas horas entre rodos e panos, até que o piso rústico de cimento branco do apartamento reluzisse apenas úmido. Era o momento de abrir as caixas onde se encontravam os livros. Os móveis lhe importavam menos.

Dizer que o personagem proprietário dos livros era um escritor seria contradizer o que seus escritos insinuavam. Que ele escrevesse, é o que os outros diziam; ele preferia manter em aberto a pergunta sobre quem escrevia quando se colocava a escrever. Mas digamos que – para retomar a fórmula – houvesse livros, centenas deles, e que o homem que os reunira ao longo de vários anos estivesse pronto para avaliar o seu estado após o dilúvio.

A água havia alcançado as caixas que se encontravam diretamente no piso, que eram umas dez. As que se encontravam empilhadas nos andares superiores se safaram bem. Por uma dessas peças do destino, os livros considerados mais importantes estavam nas caixas dos andares inferiores.

Os movimentos cuidadosos com os quais o homem abre as caixas e retira os exemplares atingidos pela água são acompanhados por um silêncio, pese o ruído que escuta ao redor;

toca com as pontas dos dedos as capas de livros que lhe são caros;

sente a temperatura, fria, e a umidade que se instalara no miolo dos exemplares;

abre alguns deles e observa como as folhas se tornaram escuras e transparentes, colando-se umas às outras;

comove-se sutilmente ao perceber algumas notas de leitura que fizera à margem das páginas, em tinta azul, tornadas ilegíveis pela presença da água.

*

Não saberia dizer se fora a atividade da escrita que o tornara afeito à experiência do fracasso, ou se certa sensibilidade à impermanência o aproximara do ato de escrever. De todo modo, embora advogasse pela ausência de valor que acompanha a prática da escrita, não poderia dissimular o que lhe ocorrera no instante em que, uma vez retirados todos os exemplares afetados pela inundação e espalhados no chão do quarto que viria a ser o de seu filho, pôde apreciar aquela cena inesperada:

que linda oportunidade para escrever.

Não saberia dizer se fora a visão dos livros-náufragos vencidos pela água o que lhe permitiria escrever afetado pelo rumor longínquo, ao alcance da mão que toca páginas tornadas ilegíveis; ou se fora o trabalho realizado, a essa mesma distância, imperscrutável, no campo da leitura e da escrita, o que lhe permitiria passar de um olhar que inventaria uma tragédia, sem tragédia, à visão da...

ausência de tragédia.

Em todo caso, sem ter a quem culpar nem a quem agradecer pelo que não aconteceu realmente, o homem recolhe os exemplares, junta-os com a ajuda de seu filho e do Geral, leva-os para a cobertura do Santa Luzia. Lá, o senhor, o homem e a criança, três gerações de homens trabalham juntos, cada um à sua maneira, para cobrir o chão de concreto do terraço com uma lona plástica preta, retangular, e em seguida depositar ali os livros, dispondo-os em fileiras e colunas, até recobrir a quase totalidade do espaço disponível.

— Será que vão secar, pai? — pergunta o menino.

— Talvez, filho.

— Mas vão ficar manchados, né?

— Vão...

— E o que você vai fazer com eles?

— O que sempre fiz, filho: amá-los como se nada *tivesse acontecido.*

COR X GUA

Uma palavra que chama outras palavras; um símbolo, um escudo; duas cores – preto e branco. Uma atribuição ao ser: *ele*, desde pequeno, era corintiano. Como o pai; como o pai do seu pai.

Em uma das recordações mais intensas de sua infância que fabula para si, ele se encontra no estádio do Morumbi, assistindo com seu pai à final do Campeonato Brasileiro de 1990. Corinthians x São Paulo. Conta sete anos de idade. Em determinado momento da partida, não se lembra bem como, percebe que seu time consegue marcar um gol: a bola entra na meta adversária e a torcida corintiana explode em euforia. Gritos, pulos, abraços efusivos entre desconhecidos. Seu pai o ergue do chão, sustenta-o com um braço junto ao seu corpo enquanto o outro se estende, desenhando um vigoro arco em direção aos céus, como se desferisse um soco no vazio, em forma de gancho; grita: chupa!

Ele percebe seu corpo de criança, de menino, ser percorrido por intensidades jamais experimentadas, vindas de todos os lados. Um êxtase. Daquele dia em diante, não saberia não ser corintiano.

*

Conta trinta e seis anos; quase trinta e sete. Algumas psicanálises lhe ajudaram a dar conta de intensidades desmesuradas que, às vezes, faziam-no bordejar os limites de sua capacidade de resistir. Um de seus analistas, brincando – falando muito sério –, lhe disse que seu problema era o Corinthians. Sempre desconfiara dessas palavras.

Já não tem o costume de assistir aos jogos com seu pai com a mesma frequência de antes; apenas ocasionalmente, quando leva seu filho para visitar os avós, se é um domingo e se a partida do Corinthians é televisionada, aceita sentar-se no sofá e esquecer, por um tempo, o despropósito que rege o outro jogo e que o impele a inventar novas formas de esperar, desejar, resistir. A escrita é uma delas.

Ele não sabe muito bem por que, mas naquela noite decidiu ir à casa dos seus pais assistir ao duelo entre Corinthians x Guaraní (Paraguai), jogo mata-mata valendo uma vaga na próxima fase da Copa Libertadores da América. Seu pai o recebeu como de costume: um amplo sorriso no rosto, sem dissimular a alegria – dissimulando a tristeza –, como se quem chegasse fosse não um marmanjo que ruma aos quarenta, mas aquele menino de sete que ele levava ao estádio para lhe fazer companhia aos domingos; como se fosse possível repetir o gesto recebido de seu pai em sua infância, quando aquele o levava ao estádio do Pacaembu para assistir às partidas dominicais; como se aqueles noventa minutos em que o Corinthians trocasse passes dentro de campo abrisse um hiato no tempo, na história da angústia cotidiana, e compactuasse uma breve trégua com isso que não para de queimar: essa dor de não saber o porquê dessa dor.

O jogo começa: estádio lotado, a grama bem verde, iluminação impecável. O Corinthians veste seu tradicional uniforme, camisa branca e shorts preto, enquanto o Guaraní paraguaio joga de amarelo-amarelo – a cor preferida do Borges, anota.

O Timão precisa vencer para se classificar e, logo no início do primeiro tempo, abre o marcador com um belo gol nascido de um chute de fora da área, rasteiro e bem colocado, que guarda a bola no canto inferior direito do goleiro. 1 × 0.

Enquanto o Corinthians joga bem, impondo seu ritmo de jogo ao adversário, ele pensa que, talvez, tenha deixado de acompanhar o futebol nos últimos tempos para evitar a frustração da derrota, embora – ou melhor porque – ocasionalmente pregue uma ode ao fracasso aos ventos e às chamas. Agora o time dele está vencendo, mas a qualquer momento a situação pode se inverter e ele provavelmente será invadido pelo ódio ao rival, os semblantes de seus amigos de infância são-paulinos e palmeirenses invadirão seus pensamentos com suas conhecidas chacotas, que logo se materializarão no grupo de WhatsApp, que ele também não sabe por que raios ainda não se excluiu dali.

De todo modo, ele se considera um sujeito razoavelmente bem analisado, o que lhe permitiria saber da sua solidão: as paixões que lhe tomam seriam sem razão, causadas por um objeto ausente: ele, reduzido a essa mesma ausência, não existindo senão como efeito da articulação das palavras, estaria advertido que o time rival não é o time rival, seus amigos não são seus amigos e, claro, o próprio Corinthians não é o Corinthians: estas seriam figuras de seu fantasma fabulado a partir de um ponto vazio de pura indeterminação que recobririam um deserto enigmático de gozo: onde tudo se queima, sem se queimar. Pensa, então, que não seria má ideia escrever um conto sobre a experiência desse jogaço de bola entre Corinthians x Guaraní que ele estava perdendo, pensando, com a condição de que não misturaria psicanálise e literatura em um mesmo parágrafo.

Liberado da escrita analítica, ele volta a sonhar; nestas linhas: dentro do sonho.

Quando volta, o objeto a... aff, a bola está se aproximando dos pés de um atacante do Corinthians na ponta esquerda do campo; ele a adianta com um arranque curto, para logo cruzá-la rasteira, deixando o outro atacante livre, próximo à marca de pênalti, para colocá-la dentro do gol guarani: 2 × 0.

Com tal resultado, o time do povo está classificado para a fase seguinte da pré-Libertadores. Mas o jogo só acaba... quando já não pode seguir terminando. E eis que um jovem atacante alvinegro, que recebera um cartão amarelo logo no início da partida devido a uma imprudente entrada em um jogador paraguaio, decide pintar um lance arriscado: após um bate-rebate, a bola se eleva na entrada da grande área, e ele não tem melhor ideia do que tentar uma bicicleta desajeitada, erguendo o pé nas alturas e acertando em cheio o rosto de um rival. O árbitro paralisa o jogo e saca do bolso o cartão de um inequívoco vermelho: daquele momento em diante, trinta e poucos minutos do primeiro tempo, o Corinthians terá um jogador a menos em campo.

O time parece não sentir muito a diferença numérica e mantém o ritmo que vinha imprimindo à partida. No último lance da primeira etapa, quase amplia o marcador com uma cabeçada de destino certeiro, não fosse a intervenção veloz do arqueiro argentino que defende a meta paraguaia.

⋆

Ninguém sabe o que acontece no intervalo do jogo. Enquanto a televisão repassa os melhores momentos do primeiro tempo e os resultados de outras partidas, os espectadores supõem que os técnicos passarão novas instruções para os seus comandados, que estes receberão garrafas de água ou isotônicos para se hidratarem, alguns trocarão as camisas suadas por novas, receberão massagens, revisarão suas redes sociais em seus celulares. Nada disso é mostrado e até que eles apareçam novamente na saída do túnel do vestiário, tudo o que acontece *entre* o primeiro e o segundo tempo da partida permanece em uma zona desconhecida, à margem dos holofotes do estádio, entre quatro ou mais paredes.

Ele escuta o que pensa escrever sem pensar; algo n*ele* acolhe as ressonâncias das palavras que se lançam na tela para se experimentar, preenchendo o vazio das linhas que se lhe oferecem ao seu dizer, à práxis da escritura. Lembra que tal exercício guarda proximidade com o dizer, que o essencial, se houvesse, estaria aí, no fluxo que imprimiria a qualquer ideia delirante para articular um não querer dizer nada, um nada querer dizer: a tautologia da linguagem. No entanto – locução adverbial que *ele* detesta porque sempre o remete ao mesmo –, no entanto, há um conto a ser concluído, um conto que avança para a sua segunda metade, e *ele* acha que é a mais difícil pois a direção agora é descendente, o Corinthians vai perder, ou pior, vai ganhar mas vai perder, e *ele* sabe que dá no mesmo mas mesmo assim vai sofrer, tanto ou mais se seu time houvesse ganhado, ganhado mais passado de fase, e é esse passar de fase que o Guaraní o impedirá de fazer: vencendo ou perdendo, *ele* retornará sempre ao mesmo lugar. No entanto...

*

Começa o segundo tempo.

O árbitro da partida, personagem que ganhará um indevido protagonismo nesta etapa, movimenta-se com certa dificuldade no campo. Traja uma espécie de joelheira que indica alguma possível lesão não totalmente recuperada. O comentarista da arbitragem da rede de televisão aponta que ele vem se posicionando mal em alguns lances, quando deveria estar mais próximo em condições normais de mobilidade. No entanto – ah, nu... entanto –, quando um jogador paraguaio tenta passar por um zagueiro corintiano e simula uma falta inexistente a menos de um metro da grande área, o árbitro estava muito próximo do lance, mas, assim mesmo, erra: assopra o apito, estira o braço e declara a infração não cometida, marcada. Falta perigosíssima para o Guaraní.

De nada adiantam as reclamações dos jogadores corintianos. A falta já estava marcada. Sempre esteve. Antes mesmo que o apito do árbitro argentino reverberasse na armação de concreto das arquibancadas do Itaquerão, ela já havia sido decretada: falta inexistente, mas marcada injustamente contra o time da casa. E de nada adianta reclamar da ecolalia da frase anterior: feia de nascença, continuará sendo feia porque brotou assim, da falta de um juízo melhor.

Se foi mérito do cobrador da falta que mandou a bola próxima ao ângulo direito do goleiro corintiano, ou se este teria como ter realizado a defesa, já que alcançou tocar na bola antes que ela morresse no fundo de seu gol, não será argumentado neste conto fabulado menos para contar como o Corinthians naufragou logo na primeira fase da pré-Libertadores de 2020, do que para...
21 fragmentos-parágrafos até aqui.
22 com este.
Segue o jogo.

Bom, alguns jogadores foram substituídos, o Corinthians lutou bravamente até o final, mas a vitória por um gol de diferença não lhe era suficiente. No jogo de ida, o Guaraní havia ganhado de 1 × 0 no Paraguai e o gol marcado como visitante lhe dava a vantagem necessária para eliminar o time do Parque São Jorge.

O tempo passava e o desenlace parecia ser inevitável.

Ele olha o relógio, pensa no dia seguinte. Gosta da rotina que inventou para si nos últimos tempos; cuida do corpo na academia logo cedo, atende pelas manhãs, estuda e escreve à tarde. Talvez, os momentos que mais goste sejam os que consegue não pensar: aqueles em que atravessa a praça bem arborizada em frente de onde mora no começo da manhã, nos quais sente que as árvores, desde as alturas de sua imobilidade, o olham: sem poder vê-lo; quando realiza as séries de musculação, levantando os halteres e contando em silêncio a quantidade de repetições: 1, 2, 3, 4... 10; quando recebe viventes que ainda não podem esperar em seu consultório e, sem pensar – contando –, os escuta contar – sem se contarem – as histórias que se inventam neles à sua revelia, como forma de evitar que o tempo, ali, viesse a falhar.

O fim se aproxima, o jogo entra nos acréscimos do segundo tempo, ele se prepara para partir. Levanta-se, recolhe sua carteira e a chave do carro sobre o aparador da sala, volta para diante da televisão. A alguns quilômetros de onde se encontra, em uma sala escura rodeada de paredes de vidro, o diretor de imagens da transmissão da partida *estende um braço* e com a ponta do dedo indicador escolhe a câmera que transmitirá a última imagem do jogo: esta focaliza o árbitro da partida em primeiríssimo plano, meio-corpo tomando quase toda a tela, com o verde gramado ao fundo, no momento em que este cumpre a liturgia que representará o ponto final na batalha: *projeta vigorosamente seu braço direito para o alto*, para em seguida apontar com o dedo indicador o centro do campo, emitindo três silvos de apito.

No ínterim em que este gesto se realiza no campo, *ele* se levanta novamente do sofá, enquanto percebe seu braço direito erguer-se também em direção ao alto, desenhando um violento arco no vazio, com a mão espalmada, como se quisesse afastar para longe essa imagem insuportável de um final não desejado. Escuta-se dizendo, sem pensar, a frase: "Ah, vai tomar no seu cu!...", seguido de um intervalo compassado de um segundo, que chamaria a outra, definitiva, emitida em uníssono com a voz de seu pai, *como se* eles a tivessem ensaiado há muito tempo dizê-la juntos, *como se* dizendo-a eles pudessem se somar a todas as vozes silenciadas pelo tempo, *como se* elas tivessem o poder de vencer o invencível da morte e trazer de volta à vida todos os derrotados por esse juiz implacável, tremendamente injusto, que ao escutar essas palavras levantariam de seus túmulos, esvaziariam os cemitérios e, também eles comporiam o coro daqueles pais praguejando:

... "*seu filha da puta!*"

prezada sra. juíza

Talvez a senhora desconfie, devido à experiência que seu ofício lhe oferece, da impossibilidade mesma de sua árdua tarefa: promover a justiça.

Em todo caso, estas linhas pedem passagem para dar lugar a pensamentos que só se podem pensar com o frágil amparo que as palavras lhes cedem. Talvez, eles também lamentem a perda que experimentam ao se articular assim, em meio às regras pré-estabelecidas da linguagem; mas, por enquanto, pouco temos a fazer diante do escândalo que é falar, escrever, viver.

Entre as muitas ações que a senhora terá sob sua responsabilidade, encontra-se uma que me diz respeito, como pai de uma criança de 8 anos cuja mãe pretende modificar o status da guarda: compartilhada até o momento, a autora da mencionada ação pleiteia que seja passada para unilateral, o que lhe permitiria monopolizar as decisões referentes ao destino de seu filho sem ter que consultar o pai da criança, como determina o status atual da guarda.

A advogada que me representa já recolheu as provas e teceu uma argumentação que procura rebater as acusações da autora contra a minha pessoa. Dizer que a autora mente em cada uma de suas alegações seria dizer muito: pois a mentira é isso: acreditar que as palavras poderiam alcançar a verdade; dizer o verdadeiro sobre o verdadeiro. A senhora deve desconfiar que, em matéria de justiça, mentimos todos.

A justiça só seria realmente possível se as palavras aquiescessem a retornar ao silêncio do qual foram retiradas.

Tornando-se possível, ela se faria prescindível.

Mas a senhora talvez se pergunte pelas razões que motivam esta missiva que lhe é encaminhada por um réu tão descrente da justiça. Bom, é que mesmo sabendo da grande farsa da qual o rito que a senhora se encontra investida de dirigir depende, a decisão que lhe caberá tomar poderá ter algumas consequências em minha vida. Veja que ao antepor o pronome pessoal "minha" à vida eu já me condeno: pois sabe-se, ou se deveria saber, que a "vida" é o que se perde desde um princípio imemorial; de outra maneira: o imemorial é o que permite a esta palavrinha, "vida", permanecer resguardada de qualquer complemento que desejasse oferecer-lhe alguma transitividade. A vida poderia ser o impredicável; sra. Juíza. Com a condição de que "eu" pudesse, verdadeiramente, lhe falar.

Pois bem, como a senhora talvez se dê conta, permanecemos no âmbito da mentira.

Sugiro que suponhamos, por um tempo – o tempo do texto – que fosse possível ir aos fatos sem recorrer à ficção da linguagem, ou que aceitemos fabular fatos com a linguagem para continuar a acreditar no que elas poderiam veicular para além do seu rumor, do seu murmúrio, do silêncio que – quanta audácia! – lhes retiramos.

Pois bem, com esse acordo, poderíamos vislumbrar – incluo V. Excelência na primeira pessoa do plural como um gesto de cortesia à sua leitura – algumas consequências possíveis da decisão que lhe caberá tomar em nome da justiça. (essa palavra, justiça: sempre com uma aparência tão adequada... diante da carniça).

Como em muitos casos, a senhora terá que decidir entre duas opções simples e radicalmente opostas: a guarda do menor pode permanecer compartilhada entre ambos os seus genitores ou poderá ser modificada para a modalidade unilateral em prol da mãe, como a autora assim o demanda. Pois bem, como a senhora terá lido nos autos, minha advogada tenta fazer a senhora acreditar que o seu cliente exerce uma paternidade ativa, se engaja nos cuidados e na educação de seu filho, o auxilia nas lições de casa, o acompanha em atividades esportivas e de lazer, oferece-lhe amparo material e emocional dentro de suas possibilidades, mesmo com a distância imposta entre a residência da mãe do menor e da sua, que se encontram em municípios diferentes. Ela argumenta ainda que, em duas ocasiões nos últimos anos, o menor viajou ao exterior com seu pai desacompanhado da mãe, esta que autorizou a viagem, o que confirmaria a confiança que então depositava em seu antigo parceiro. Ademais, o menor possui fortes laços afetivos com sua família paterna e com sua madrasta. Não me estenderei mais em repetir a argumentação da representante do genitor: ela o faz suficientemente bem.

A outra parte se engaja em fazer a senhora acreditar que o genitor do menor estaria sustentando uma posição inflexível e irresponsável, causando angústia ao menor e provocando conflitos com a genitora. Os fatos relatados pela advogada da autora beiram ao cômico a fim de sustentar uma argumentação – ter levado o menor para a casa de sua mãe, eventualmente, sem haver tomado banho ou tendo esquecido de realizar um dever de casa, ou ter supostamente se oposto a que o menor realizasse um tratamento ortodôntico – mas, se quisermos permanecer fiéis à nossa noção de verdade, não desqualificaremos os argumentos da autora pela sua estrutura de ficção: uma "hashtag" poderia cair bem aqui: #somostodosmentirosos.

Pois bem, diante das historinhas sustentadas por ambas as partes, a senhora terá que tomar uma decisão. Confesso que não desejaria estar no lugar da senhora.

No entanto, devo me preparar para as consequências do ato ao qual a senhora se encontra responsável. Ato que, para ser tal, deve acolher, ainda, o acaso que o rege.

Digamos que a senhora acolha a argumentação bem fundamentada da representante do genitor e mantenha a guarda em seu status atual, compartilhada entre os genitores, como recomenda a legislação vigente na maioria dos casos. Imagino um sorriso fugaz, não mais que um leve repuxar de lábios em direção à esquerda e para baixo, esboçando-se no rosto do genitor; talvez acompanhado de um breve suspiro, quase mudo. Não seria isso que o faria crer na existência da justiça, em sua possibilidade. Lembraria, talvez, dos pensamentos que se articulam nestas linhas: que se a justiça fosse possível, ela se tornaria prescindível.

Na hipótese que a senhora dê mais crédito à argumentação da parte acusadora e modifique o status da guarda, concedendo à genitora do menor o poder de decidir sobre os assuntos referentes ao seu destino sem ter que consultar o genitor do mesmo, bem, desta feita, eu imagino não um sorriso fugaz no rosto do réu, acompanhado de um breve suspiro; imagino seu corpo sendo visitado por uma comoção visceral que se iniciaria no baixo ventre, ganharia força na região dos pulmões, o faria inspirar e expirar de maneira rítmica repetidas vezes enquanto sua voz de tom gutural tomaria corpo, fazendo ressoar uma ampla e estrondosa gargalhada que se espraiaria em cada canto da sala de audiências, atravessando os corpos dos presentes e as paredes do recinto, alcançando os demais ambientes do tribunal, escapando aos limites do prédio para se fazer escutar além de seus muros de pedra, contagiando as pedras para que se comovam, elas também, e passem a amplificar essa risada escandalosa, tantas vezes atribuídas aos deuses, e que não é mais que a risada do primeiro homem, ou seja, do último, de cada qual que sentiu por primeira e única vez, é dizer, sempre, a dor da maior injustiça de todas: a de sua ausência.

Não saberia dizer em quais das circunstâncias o réu poderia lhe ser mais grato. De qualquer modo, é assim que ele se apresentará ao seu juízo: discretamente, com a expectativa suspensa entre um leve sorriso e uma ampla gargalhada. E com uma aposta: será maravilhoso.

*

...

As linhas a seguir foram encontradas em uma folha de papel rasgada em vários pedaços, reunidas em um compartimento quadrangular no interior de uma gaveta pertencente a um escritor já falecido. Após conseguirmos reconstituir o escrito, e não sem algumas discussões com outros colegas que também eram amigos do improvável autor do mesmo, decidimos incluí-las entre os seus despojos. Passamos à transcrição:

"O pai do pai do meu pai trabalhava em uma fábrica. Imigrou da Itália para o Brasil em busca de uma vida melhor. Morreu doente, precocemente, em decorrência das más condições de trabalho existentes na fábrica. Deixou três filhos e uma filha órfãos.

O pai do meu pai cresceu sem pai. Com a marca da perda de seu pai antes do que lhe era esperado. Casou-se e teve 5 filhos: três filhas e dois filhos: todos órfãos de pai.

Meu pai foi filho de um pai sem pai. Casou-se e teve três filhos; todos órfãos de pai.

Eu, que estou por me casar, já tenho um filho. Ele mora com sua mãe e tem um pai; às vezes. Seu pai sabe que todos somos órfãos de pai. Então ele escreve, faz amor com as palavras, e elas lhe lembram que, também elas, são órfãs de pai.

E, quando isso acontece, choramos todos: eu, ele, e toda e cada uma das palavras inventadas e por inventar-se: choramos um choro sem começo nem fim. Dessa transmutação do choro em palavras vive aquilo que escreve:

uma orfandade...

entre os órfãos...

de pai."

no altar

Um tal Mathos lê em sua poltrona na sala de casa, quando seus olhos se desviam das letras e, com um ligeiro movimento para cima, divisam o corpo de sua esposa, Aurora, sentado em outra poltrona a poucos metros dali.

Enquanto desliza o dedo indicador da mão direita na tela do celular, realizando movimentos sutis de baixo para cima, Aurora se sente observada. Não era necessário que Mathos a visse para que s'olhar lhe penetrasse as entranhas, retirando sua paz.

Ela sorri, expirando uma breve rajada de ar, diante daqueles olhos castanhos sem fundo que a miram fixamente, apenas dando-se a ver por cima do livro – uma edição bilíngue de *Hinos à Noite*, de Novalis, cuja arte de capa em preto e branco mostra meio corpo de um anjo robusto petrificado, colocado entre o olhar do observador e um céu noturno repleto de estrelas ao fundo.

O rosto de Mathos se oculta ali: mais além: das estrelas.

Ele percebe em sua boca um leve movimento que repuxa seus lábios para a esquerda, desenhando um sorriso oblíquo: uma sutil angústia lhe nasce do baixo ventre: um momento oportuno.

⋆

O livro é deixado na mesa ao lado da poltrona. Ele já se levantou e caminha na direção de Aurora. Ela sorri, entre nervosa e excitada, antevendo os gestos com os quais ele a convidaria a deixar o celular, a poltrona, o sossego. Dividida entre um sim e um não, novamente ri, desta vez perdendo mais ar, enquanto vê a mão direita de Mathos se separar de seu corpo e se estender à sua; quando dá por si, a mão de Aurora já havia respondido por ela, deixando-se segurar por aquela que se oferecera decidida a lhe conduzir.

Quais condenados que aquiescem à sentença que lhes coube, abandonam a sala e rumam ao quarto.

*

A persiana fora baixada até cobrir pouco mais da metade da janela; uma luz vespertina se infiltra cômodo adentro, pintando duas paredes brancas, uma de tonalidade cinza-róseo atrás da cama de casal, e as superfícies de madeira das diversas portas do armário embutido que recobre o quarto lado do ambiente. Dois criados-mudos de madeira ladeiam a cabeceira do leito.

Aurora se deita no centro; olha para o teto; espreguiça-se; cria coragem. Mathos se aproxima sem pressa: suas mãos deslizam-se pelos braços de Aurora, abrindo-os e os afastando do corpo, como se os estivesse criando com aqueles gestos. Sua boca procura o ombro direito daquela *molher*; toca-o com os lábios; continua a tocá-lo enquanto começa a subir em direção ao pescoço, onde encontra um terreno mais sensível; pousa ali sua língua.

Os olhos de Aurora se fecham; sua boca se abre; seu corpo se arqueia; sua respiração fica em suspenso.

Mathos aproxima seu corpo ao de Aurora, enquanto a abraça, trazendo-a para junto de si. Sua mão se desprende das costas de sua parceira, deslizando, enquanto seus dedos se espalmam. Agarrando-a pelo lado do corpo, o dedo polegar de sua mão afasta-se ainda mais de seus congêneres em busca da região montanhosa que se inicia a poucos centímetros dali: uma colina branca, de textura macia e temperatura levemente mais quente, se insinua a seu passo: percebe que no cume daquela elevação, o horizonte se corta por um ponto rosado que se expande, elevando-se ao alto: deseja subir aquele monte, tocar aquele ponto.

Agarra-o com vontade; cria-o no espaço vazio entre seus dedos e a palma de sua mão.

⋆

Uma blusinha cinza-claro ganha voo; plana por um segundo; aterrissa no chão do quarto.

Uma camiseta amarela perde sua forma; acomoda-se qual um trapo de tecido no pé da cama.

Uma calça feminina desabotoa-se; procura agarrar-se em vão à cintura que lhe modelava; seus tubos se reduzem a dois orifícios ocos arrojados para fora do leito.

A ausência das roupas presentifica o calor que abafam. *A/M* sentem a temperatura de seus corpos; o contato de suas superfícies porosas leva-os onde sempre desejam ir: *ao além*: do pensamento.

⋆

Beijam-*se*, tocam-*se*, respiram-*se*.

⋆

Agarra o membro, envolvendo-o em sua mão; oferece-lhe a umidade de sua sede.

*

Enquanto M sente o calor, as águas, a textura da boca de *A*; *enquanto* esta se delicia da temperatura, da consistência, do sal do membro de *M*; o pensamento encontra: uma breve paz. O corpo de *M* se descontrai; seus braços entregam-se ao longo de seu tronco, antes que um deles vá apoiar uma mão, gentil, na parte posterior da cabeça de *A*, entre seus cabelos, acariciando-os. Seus olhos se fecham; nada vê, nada pensa; converte-se naquele momento – passando. Sua cabeça se inclina para trás; seu queixo se eleva alguns graus; o teto lhe devolve um olhar cego, sem ouvidos.

*

Enquanto isso, não há mundo. As palavras descansam no delírio de haverem encontrado o seu sentido. Nada dizem nesse momento. No êxtase daqueles corpos que se gozam, há órgãos, superfícies, orifícios que recobram sua existência *real* no silêncio do verbo.

*

**Nos espaços que separam estes fragmentos: sussurros, gemidos, ranger de dentes.*

*

As mãos de *M* passeiam pelas costas e pelos lados do corpo de *A*; as curvas que desenham compõem outra camada sobre a linha reta do movimento de duplo sentido, rítmico, repetitivo, com o qual os sexos de *A*/*M se* dão a conhecer.

⋆

A, no umbral do êxtase, aproxima-se de saber que *não-é*: *A*.

⋆

A espinha dorsal de *A* se arqueia; seus olhos se fecham; será o seu turno de contemplar a mudez do teto da habitação.

Um susto ofegante, repentino, a visita; um formigamento sobe de suas pernas. *A* aproxima-se do grito.

Os olhos de *M* não conseguem captar a catástrofe; que se avizinha.

A não está em lugar algum. Serão os ecos daquele grito que, refletindo nos tijolos, nas madeiras, no gesso e retornando ao vazio de onde saíram, lhe devolverão indícios de sua incerta condição.

⋆

A se desvanece.
o sofrimento cessa;
por um tempo.

⋆

Expira.

M vacila.

M sorri. Pressiona com mais intensidade o quadril de *A*; sente a dureza de seus ossos.

Os músculos dos braços de *M* se contraem; atraem e afastam o volume de *A* com o resto de força que lhes sobra.

Após um corte no instante, o prenúncio de um timbre grave se insinua em meio às vibrações emitidas por *M*. A o capta com seu outr'ouvido; se prepara para recebê-lo.

Aquele timbre de inequívoca virilidade cobra corpo, ganhando terreno ao absurdo. Uma forma meio-homem, meio-besta se desenha naquele recinto herdeiro da caverna.

testemunha

Um casal ocupa uma região de penumbra no interior de um veículo, em uma manhã quente de um dia de semana qualquer; o trânsito flui em uma avenida larga da cidade. Ele dirige. Ela se senta ao seu lado. Conversam sobre a educação de uma criança; filho de um, enteado da outra. O "diálogo" se intensifica à medida que suas perspectivas divergem sobre alguns pontos: como um adulto traçaria determinados limites a uma criança?; como a ajudaria a assumir a responsabilidade por seus atos sem delegá-la a outrem?; como aprenderia a não lançar mão de mentiras em situações que lhe provocam angústia?

Ela enfrenta o dilema de querer e não querer participar da educação da criança, partindo de um lugar que não lhe parece de todo cômodo: afinal, o que pode uma madrasta? Ele se deixa tomar partido na troca de palavras, permitindo que figuras como pai, marido, homem, ocupem o lugar de onde falaria para sustentar uma argumentação que convida sua parceira a participar da educação de seu filho de um lugar marcado pela incerteza de sua posição. Ela se atém a apontar o que considera desvios na educação da criança; ele se escuta dizendo que gostaria que ela desse um passo além: se engajasse com algo de si no que gostaria que fosse diferente.

Enquanto suas falas circulam, se interrompem, se atravessam, ele percebe, sem perceber, a chegada de uma presença silente. Não deixa de argumentar – circunscrevendo seu ponto de vista, escutando o de sua parceira –, mas sente esse outro ponto – que talvez só se desse a perceber à medida que trocavam palavras – instalar-se sutilmente entre eles. Nesse instante, ele intui que nasceria um conto.

Um conto que procurasse testemunhar o que somente esse outro ponto, talvez, pudesse testemunhar. Algo além-dos-nomes que se esquivaria ao circuito das argumentações palavrescas, ou que se produziria em meio às palavras, escapando, sem escapar, ao que estas pretenderiam dizer.

A prosa segue seu rumo, inflamada, convocando os falantes a manterem-na viva, fazendo-a ressoar no agradável ambiente acústico do carro, cujas espumas dos assentos favorecem a absorção das ondas sonoras, suavizando sua reverberação. Ele se distrai por alguns momentos; torna-se sensível à luz que banha as mãos empunhando o volante; acompanha as sombras projetadas nos muros altos que cercam a avenida à medida que o carro avança; observa a silhueta de alguns passantes que caminham em um viaduto acima de suas cabeças; torna a olhar para aquela que o acompanha, menos atento às suas palavras, mais permeável a sua solidão.

O automóvel faz uma curva, sai da avenida, passa por baixo de um viaduto, sai em outra avenida menor, rodeada de árvores.

Ele volta a participar da conversa. Procura sublinhar os aspectos em que estaria de acordo com sua interlocutora, qual um gesto que os pudesse aproximar de alguma maneira. No entanto, constata uma mudança em sua própria entonação; enquanto dá passagem às palavras que lhe ocorre, ele cogita se não teria sido o acolhimento oferecido a esse outro ponto para além dos pontos de vista conflitantes, o que permitiria, agora, que as palavras passassem a comparecer com certa leveza em sua fala; como se elas, ao se lembrarem desse outro ponto, pudessem refazer o caminho de onde emergem um pouco menos pululantes; atentas, elas também, ao seu próprio percurso.

Ela permanece irredutível em suas posições; sequer parece notar a mudança na entonação de seu parceiro. Ele parece captar com o canto do olho, enquanto dirige, sinais de alguma rigidez no corpo dela; ajeitando-se no assento, agarrando firme no cinto de segurança, como se estivesse a evitar algo – supõe – que o tom de sua voz pudesse lhe comunicar.

Ele suspira. Faz uma nota mental para escrever no conto que se estava gestando enquanto dirigia:

"*a solidão não se transmite; talvez, se testemunhe.*"

— *O que vamos almoçar?* — *ela pergunta.*

— *Sobrou comida do almoço de ontem...*

— *Estou cansada de comer peito de frango!*

— *... quer almoçar fora?*

— *Não, não estou podendo gastar.*

— ...

— *Anda logo, quero chegar rápido em casa.*

— *Está um pouco de trânsito aqui...*

— *Que saco!*

— *É... mas estamos vivos, não é?*

— *Não começa...*

— *Não... já acabou.*

hechizo

Eu devia ter uns dezessete anos. Estava de férias, em uma pequena praia de Ilhabela conhecida como "... da Feiticeira".

A leitura pode imaginar o calor de mais de trinta graus daquele dia, o azul sem nuvens, a fina, macia e amarela areia sob os pés dos paroquianos, a ... pronunciada do litoral onde as ondas de um mar pouco agitado fracassam em franquear limite; demarcando-o. À espreita da paisagem, a vegetação atlântica recobre o entorno da ...

Mergulho: ao abrir os olhos, sou surpreendida pela visibilidade que me é oferecida ali. Fui tocada pela amplidão daquele mundo submarino em tons de azul, amarelo e verde que se descortinava para mim naquele instante; por uma outra sonoridade que aquele ambiente guardava; pelo abraço morno que as águas ofereciam ao meu corpo. Passo a nadar por nadar, abrindo os braços ao meu redor, movimentando infimamente o mar com minhas pernas delicadas, mas fortes, de moça nova: sentindo as águas. Não demoro em avistar um banco de areia recortando a paisagem submarina. Devia ter pouco mais de um metro; me sinto chamada a me aproximar. Nado em sua direção.

Naquela época, me lembro de estar acompanhada de alguns livros, entre eles a trilogia do *Senhor dos Anéis*. Embora aquele universo fantástico povoado de seres míticos me entusiasmasse, às vezes era cortada por uma dor durante a leitura, me levando a pensar que aqueles personagens aos quais me afeiçoava de diferentes maneiras não existiam... A inexistência deles, no entanto, me interrogava sobre a minha. De repente, me encontrava chorando, pois me parecia que, de alguma forma, eles estavam mortos; e isso me concernia. Mas havia algo que me tocava na leitura do mundo de Tolkien que só pude compreender ao me aproximar daquele banco de areia sob as águas. Acolhi um gesto decisivo: minha mão direita se estende em direção a ele: o toca.

Naquele momento em que não pensava em nada particular, sinto meu corpo ser percorrido por um frisson e penetrado por uma ...: uma espécie de instantânea intuitiva do gozo da criação. Paisagens fabulosas, personagens inexistentes, aventuras incríveis e até uma língua nova eram passíveis de serem criadas e vividas mediante a escrita.

Mas isto eu estou pensando agora, enquanto escrevo este breve conto uns vinte anos depois desse encont_o submarino. Quando toquei no banco de areia debaixo d'água e fui tocada por ele, eu só senti: ... o hechizo... dos dezessete anos.

sem recursos

Uma mão, aberta, ergue-se à altura dos olhos; seus dedos, levemente flexionados, apontam ao alto. *Ele* a observa, no centro da sala, abstendo-se de pensar, enquanto a mão gira vagarosamente em torno do eixo do braço que a sustenta; para um lado; para o outro.

Imagina essa mesma mão, com a qual escreve, meio século adiante. Deitado em um quarto de hospital, sob uma pele flácida, manchada, parcialmente recoberta por uma pelagem branca, essa mesma mão o interpelaria: como o faz agora.

Talvez, *ele* venha a se lembrar das linhas que lhe pediram passagem em um conto no qual se propunham a desenhar essa mão. Esta, então, na mesma posição vertical, se apoiaria na proteção lateral de um leito hospitalar arejado pela luz da manhã, enquanto uma sonda plástica inserida em seu dorso transportaria um líquido transparente a um corpo moribundo.

A enfermeira teria acabado de deixar a habitação após conferir os sinais vitais do paciente do quarto 301, deixando a *ele* e sua *mão* a sós.

A enfermidade que o acometera – um súbito AVC – lhe teria deixado graves sequelas; o lado esquerdo de seu corpo se teria paralisado; teria perdido a capacidade de falar. Seus pensamentos, no entanto, ainda o acompanhariam; alcançaria escutar a intermitência dos sinais sonoros em resposta aos seus, vitais; enquanto perceberia uma lágrima escorrer por um de seus olhos.

Quando degustasse o sal da água que lhe tocaria a parte paralisada de sua boca, recordaria uma decisão que se teria produzido meio século antes, quando teria se engajado na prática da escrita: a decisão de *sentir*, de afirmar uma sensibilidade; um ato que deveria se sustentar em absoluta solidão.

Seria possível que o eco dessas palavras ainda marcadas por resquícios de um entusiasmo trágico lhe produzisse certa graça; mas sua boca permaneceria imóvel. Talvez, seu ressoar lhe trouxesse de volta menos a imagem do jovem escritor que ele teria sido, do que o incessante gesto que o acompanhara desde então; desde muito antes; até *ali*.

Voltaria o olhar para a *mão*; *ela* o contemplaria.

Sua visão começaria a falhar. Uma zona escura bordada com pontos coloridos e brilhantes se espraiaria pelo campo criado no oco de seus olhos, enquanto os objetos ao seu redor sairiam de foco. Sentiria que o ar quase não lhe chega mais aos pulmões. Sem perder a calma, próximo ao instante derradeiro, *talvez*, *ele* recordasse o fracasso de algumas linhas imprudentes que, meio século antes, haveriam delirado poder antecipar *aquele* momento que estaria por viver, supondo que bastaria o recurso de abrir as mãos, abstendo-se de escrever, para que seu mundo, literariamente tecido, se desfizesse; gesto que lhe permitiria acolher um riso absurdo; e uma ausência...

Não teria contado com uma enfermidade inesperada que haveria de tornar vão os impulsos que buscaria emitir à parte esquerda do seu corpo, mantendo-a indiferente à sua vontade. Assim, quando estendesse os dedos da mão que escreve buscando a ausência de sentido – o para além do sonho diurno que o amparara em momentos de angústia em sua vida passada –, a outra mão, aquela que não escreve, jazeria ao seu lado;

sem o interpelar.

B.

àquele que me reconheceu...

a N.

Próximo a meu gabinete de escrita, encontra-se uma banca de jornais. Até antes da consolidação da internet e dos meios digitais, tratava-se de um negócio em geral movimentado, onde os moradores dos bairros se dirigiam em busca de jornais, revistas, *best-sellers*, passatempos e, em determinado momento – me lembro –, passaram a encontrar também outros tipos de mercadorias alheias ao mercado editorial, como bebidas refrigeradas, guloseimas, chaveiros, cartões telefônicos, pequenos brinquedos... outras formas de alimentos? Talvez...

Quando estas linhas nascem, a grande maioria das bancas de jornais que existiam na cidade foram fechadas; tornaram-se obsoletas. Algumas, poucas, sobrevivem. Como a que se encontra próximo a meu gabinete de escrita.

Uma miniatura. Encontro-a de relance, como por azar, ao retornar de um intervalo onde fui por um café. Ao passar em frente à dita banca, noto algumas réplicas de carros antigos expostas, apoiadas em uma prateleira de vidro, próximo ao caixa, de onde o jornaleiro sorri para mim, talvez esperançoso em que alguma me interesse.

Interrompo meus passos. Aproximo-me da banca, olá, como vai?, são uma beleza não é? sim, são carros da antiga...

Eu já sei qual quero, pois o tinha visto antes que ele me olhasse. Amarelo. E de um amarelo muito parecido ao original, faltando-lhe apenas, talvez, certo esmaecimento na cor provocado pela exposição ao sol, ao tempo. Apenas vou conferir seus detalhes. Digo para mim que o decisivo para a compra estaria aí: se a qualidade dos detalhes fosse muito ruim, de causar aversão, o deixaria pra lá. Mas, para a minha surpresa – frase que acolho em seu sabor, despreocupado –, o carrinho está muito bem-feito.

Em minhas mãos, um pouco abaixo da altura dos olhos, o examino. Nenhum reparo em seu design exterior, tudo em seu devido lugar e em sua devida proporção. As janelas das portas, vazadas, permitem que se introduza o dedo ali e se abram as portas. Decido entrar pela do passageiro.

Está tudo ali. As listras verticais dos assentos evocam o intenso cheiro de couro do interior; a manivela do vidro com o pegador redondo; o porta-luvas, à minha frente, com o puxador, também redondo, bem delineados como estas linhas. Arrisco abri-lo. Ela continua lá: a pequena lanterna azul e branca Eveready, com o gatinho preto estampado em uma das faces e sua diminuta lâmpada amarela. Tento ligá-la; ela responde.

Vamos, Lucrécio?

É meu avô quem me chama, volante em mãos. Assinto com a cabeça e ele liga o carro. O inconfundível ruído do motor. O esquema indicando o lugar das quatro marchas e da ré desenhado na parte frontal do cinzeiro, encaixado no painel central. A alavanca do câmbio de cabeça redonda, ao meu lado, o cinto de segurança de somente duas pontas; o movimento do ar entrando pela janelinha lateral, uma abertura basculante localizada na parte frontal da janela dos assentos dianteiros, tocando meu rosto.

Conto cinco anos. Além de atento observador, já falo, naturalmente. Mas neste fim de tarde, como em tantos outros em que meu avô ia me buscar em casa para que eu passasse o fim de semana em sua companhia e na de minha avó, na casa deles, algo acontece. Um acontecimento desses que fogem à série dos ditos acontecimentos e imprimem algo novo, que às vezes se leva uma vida para reconhecer seus efeitos. Poderia parecer muito dizê-lo assim, bem... eu conto cinco anos.

A certa altura, meu avô fala comigo. Nada de diferente na entonação de sua voz, em sua rouquidão peculiar, na forma de se dirigir a mim que era a sua. Pacífica, em uma palavra. O assunto da conversa poderia evocar algo dessa diferença em questão, mas tampouco é ele, o assunto, *le sujet*, o que realmente interessa.

Anoitece. Meu avô, que se aproxima dos sessenta anos, me confidencia algo. Talvez ele pense, ou melhor, ele não pense quando se põe a falar comigo, na intimidade que aquele carro amarelo nos proporciona; e, talvez, esse não pensar lhe sirva de ensejo para supor que eu pudesse escutá-lo. Nada muito distinto de quando se escreve. Por isso, ele me fala. Faz uma espécie de breve balanço de sua vida a partir de um ponto de fracasso: Eu não tive a oportunidade de estudar, de fazer uma faculdade. Mas meus dois filhos, sim, a Meire e o Tarcísio estão aí, formados, com suas famílias... Não é preciso que ele me olhe para que eu o veja mover a cabeça, inclinando-a levemente de um lado para o outro, como acompanhando esse seu balanço.

O decisivo dessa conversa aparentemente trivial, para mim, se produz em outro lugar. Ao escutar o que meu avô me diz, eu, de certa forma, nasço. Com a estranheza mesma desse verbo quase nunca conjugado no presente e em primeira pessoa. Nasço a partir do lugar que a fala daquele outro, encarando o que lhe falta, me oferece: uma certa reticência. Um dos efeitos dela é que, ao escutá-la, eu passo a me ver, ali, no banco de passageiros.

Fecho as portas. Quanto custa?, trinta reais, débito ou crédito?, crédito por favor.

Alfreddo

Santo Antônio do Pinhal, interior de São Paulo. Uma bucólica chácara recebe uma família em férias: um casal com três crianças pequenas; três meninos.

O mais velho conta cinco anos. Traja galochas azuis, uma bermuda, camiseta branca com algum desenho irreconhecível. Embora seja inverno, o clima é agradável: o céu invariável, aberto, permite ao sol amenizar a massa de ar frio que recobre a abundante vegetação do lugar.

Lucrécio, se chamava.

Talvez para se afastar dos irmãos, talvez atraído pela imensidão que o terreno do sítio lhe oferecia em comparação aos reduzidos metros quadrados de seu apartamento em São Paulo, talvez ainda para sentir seus pés se movendo no interior das galochas – calçado que adorava usar mas que ficava reservado para os dias de chuva na cidade –, em uma tarde, Lucrécio se larga a caminhar a sós. Mapeia o terreno, embora não saiba o que essas palavras significassem – é sua vantagem.

Chega a um pequeno riacho de águas transparentes que corta o sítio. A correnteza, embora não muito intensa, lhe parece motivo suficiente para contemplá-lo: a uma distância. Não lhe ocorre nenhum pensamento sobre a impermanência das coisas – isso viria depois, quando leria os mais antigos, seus contemporâneos. Ali, naquele momento, Lucrécio está por aprender a ler; um passo antes do mergulho que viria a fazer: em outras águas.

Distraído. Não, *desastrado*. Sua mãe costumava dizer que ele era muito desastrado, que derrubava as coisas que tinha à mão, que quebrava um ou outro objeto da casa... que não tinha jeito! Mas, talvez Lucrécio, menos que desastrado, fosse, somente, distraído. E que melhor oportunidade para ele do que umas férias no campo, longe do videogame, da televisão, das brincadeiras com outras crianças, para exercitar essa sua condição: distraída?

Quando se afasta do riacho, percebendo o ruído macio das águas diminuir ao fundo, enquanto suas galochas abrem passo em meio a um mato não muito mais alto que seus joelhos – sempre ralados, por certo –, avista uma precária construção de madeira a uns cinquenta metros dali. Entre o galpão e seus olhinhos de menino ainda não alfabetizado, árvores e mais árvores balizando o caminho.

Que altas! – murmura para si.

Encantado com a altura das árvores e curioso para descobrir o que havia mais adiante, Lucrécio avança a passos lentos, sentindo a resistência que a vegetação oferecia a suas pernas – e o ruído que seus passos produziam ao caminhar naquele terreno.

O sol começa a baixar; o fim da tarde se aproxima.

Pouco antes de chegar ao galpão, de onde agora ele parece captar uma luz cálida vinda de seu interior, um som intenso, vívido, entoado em uma frequência e uma melodia que jamais ressoaram naqueles ouvidos infantis, lhe causa um sobressalto.

Lucrécio sente medo. *Medo*: era a essa palavra que recorria quando o que sentia ia além de suas possibilidades de nomear. Dessa feita, o medo lhe adveio de um encontro: que marcaria aquelas férias.

*

Quã quã rã rã quããã!!!
Quã quã rã rã quããã!!!

Boquiaberto, escutando sua pulsação acelerada, até então despercebida, paralisado por um instante, Lucrécio contempla uma criatura altiva, quase do seu tamanho, caminhando a passos intermitentes, erráticos, cumprindo uma espécie de circuito ao redor de algo que não parece ser outra coisa que o próprio terreno, à entrada do galinheiro. Reconhece suas penas e suas cores – brancas e pretas –, o formato de seu corpo, dotado de asas, seu bico, seus olhos, mas... a palavra que lhe vêm à língua não parece casar com a figura que tem diante de si: *aquilo* não lhe parece ser uma galinha. Nunca ouvira uma cantar daquele jeito. Além disso, alguns detalhes interrogam o olhar de Lucrécio, como uma ampla crista vermelha empinada sobre a fronte daquela criatura, e, principalmente, uma protuberância nascida em cada uma de suas patas, como um dedo a mais apontando para o alto, uma verdadeira arma pontiaguda que só depois lhe explicariam se tratar de *esporas*.

A criatura parece captar a presença do menino. Aproxima-se alguns passos, posta-se de lado, para logo voltar a traçar seu intempestivo circuito, com eventuais bicadas ao solo. Dali a pouco, volta a verbalizar suas notas sem notação, aqui vertidas em pobreza:

Quã quã rã rã quããã!!!
Quã quã rã rã quããã!!!

Lucrécio escuta novamente o que ainda não sabe muito bem decifrar; mas dessa vez, a intensidade daquele som lhe produz novos efeitos: passa de um estado de assombro a uma espécie de encantamento repentino. Aos poucos, o medo se esvai e ele se vê tomado por um sentimento de admiração por aquela força viva. Não saberia dizer por quê, mas quando dá por si, percebe-se enchendo seus pulmõezinhos de ar, posicionando a língua em sua boca como nunca antes, contraindo com força os músculos da garganta para proferir, em um tom muito parecido ao que escutara, os sons que lhe chegaram pelos ouvidos:

Quã quã rã rã quããã!!!
Quã quã rã rã quããã!!!

Sente-se satisfeito com o resultado; não lhe parece nada mal para uma primeira tentativa.

Outra vez, escuta a frase original, repetida, ser enunciada por quem de direito. Mas, dessa vez, Lucrécio fica com a impressão de que entrara no jogo, que estaria se comunicando com aquela criatura misteriosa; aqueles sons, de certa forma, agora, parecem ser dirigidos a ele. Experimenta uma alegria infantil; menos por se crer com o dom de falar com os animais do que por acreditar que *alguém* estaria lhe respondendo. Sente vontade de dar um nome a seu parceiro.

*

De volta à casa da chácara, após ser repreendido pela mãe que não sabia por onde ele andava, Lucrécio – *falador*, sim, *falador*... essa era outra palavra que insistiam em atribuir ao menino – passa a relatar, falando e falando com todo o seu repertório de cinco anos, o encontro e a conversa que teve com o seu futuro amigo, cujo nome estava em suspenso.

Após seu discurso, com a descrição oferecida, a mãe lhe diz que devia ser algum *galo* do sítio. *Galo*? Galo... o marido da galinha. *Ah*...

*

Na manhã seguinte, bem cedinho, Lucrécio desperta escutando a voz de seu amigo.

Quã quã rã rã quããã!!!
Quã quã rã rã quããã!!!

Abre um sorriso, se levanta da cama, pede à sua mãe que faça um leite com chocolate para ele. A mãe resmunga, mas se levanta e prepara o café da manhã do menino. Lucrécio toma seu Toddy com os olhos brilhantes, dirigindo o olhar para fora da casa, através da porta corrediça de ferro recortada com aberturas de vidro, apenas reparando no frio que sobe pelos seus pés descalços em contato com o chão de pedra da sala. Quando sua mãe volta a se deitar, ele escapole. Já sabe o caminho até o galinheiro.

Lá chegando, não encontra seu colega de prosa. Decide entrar no galpão. Abrindo sem dificuldades uma portinhola de madeira, Lucrécio se introduz no galinheiro, sendo recebido pelo cheiro forte e marcante de *titica* e pela penumbra do lugar. A luz elétrica que vira ontem ao entardecer está apagada.

Em um rápido passar de olhos, supõe que deve haver umas quinze galinhas por ali; algumas em posição de choca, outras a esmo, e duas, em nichos dispostos no alto do galpão, parecem lhe devolver o olhar. Enquanto observa essas duas, ao alto, como imagens em seus altares, escuta um cacarejar mais intenso por parte das outras, uma certa excitação no ar; quando olha para trás, percebe que havia se esquecido de fechar a portinhola, o que deu ensejo para que as galinhas escapassem.

Lucrécio hesita. Torna a olhar para as duas que restaram no alto de seus nichos, impassíveis; quando então sente uma nova presença no lugar. Ao virar-se novamente, constata a chegada daquele a quem estava buscando.

Pareceria que, agora, a surpresa ficara do lado do animal. Não, ele não chega a se interrogar pela presença do menino, ali, fora de seu lugar. Mas é como se ele estivesse a se perguntar algo, diante daquilo. Seus passos adquirem uma cadência mais lenta que a observada por Lucrécio no dia anterior; ele caminha ao redor do menino, como se desenhasse um círculo ao seu redor.

Talvez para afastar uma ponta de medo que se insinuara com a situação, talvez para aproximar-se daquele a quem ele gostaria de oferecer sua amizade, certamente para obter alguma resposta, Lucrécio enche os pulmõezinhos de ar, repete o mesmo gesto da véspera, e solta a sua voz, confiante:

Quã quã rã rã quããã!!!
Quã quã rã rã quããã!!!

Não tardam mais que alguns segundos para que o galo, ele também, solte a sua:

Quã quã rã rã quããã!!!
Quã quã rã rã quããã!!!

Diante do que considera uma resposta, cheio de júbilo, Lucrécio fita o seu novo amigo e o batiza em sua própria língua:

Alfredo!

Ao escutarem a voz do menino – que até então, ali, não tinha falado –, as duas galinhas são tomadas por não se sabe qual comichão e decidem sair de seus nichos, indo se juntar às demais que ciscavam no lado de fora.

À meia luz, Lucrécio e Alfredo seguiriam conversando por mais algum tempo.

A sós.

Salas

Isto que passo a relatar *o* vivi em outra língua. Decidi transubstanciar o vivido em texto por me parecer que as intensidades ali recolhidas me interpelavam, como que guardando algum apelo. Bastou escrever seu título para que ele me entregasse sua chave.

⋆

!Eh, Salas! ¿Cómo andás?

Assim se dirigia meu amigo a todo e qualquer vivente do sexo masculino: substituindo seu nome por outro: *Salas*. Não que padecesse de alguma dificuldade de memória e, para evitar o lapso, se amparasse em um mesmo nome genérico para todos os elementos de um conjunto. Uma possibilidade investigativa poderia sugerir o contrário: que$_{(,)}$ meu amigo$_{(,)}$ se lembrasse demais.

Os amigos do meu amigo – nossos amigos em comum – tomavam esse seu gesto como um traço dele; não se importavam e, por vezes, lhe devolviam o mesmo *apodo*. Sim, meu amigo em questão era estrangeiro – *bah*, na verdade era eu o estrangeiro ali d'onde o vivido. Mas, neste conto, importa menos a geografia do lugar do que uma outra – de um outro...

Um dado a mais: meu amigo amava jogar futebol – *fútbol*, como dizia. Nisso, éramos parceiros, e a cada domingo pela manhã ele passava em frente de casa para me buscar com seu Fiat 147 e seus vinte anos de rodagem.

¿¡Qué hacés, Salas!? ¿Cómo andás?

Um riso comum nos aproximava.

Como bons amigos, nos servíamos no trajeto com assuntos os mais diversos, desde *¿¡qué caras están las cosas, viste!?*, passando por *qué lindo día, la verdad...* até *¡pero ese presidente es un hijo de puta, son una manga de ladrones los del gobierno!*

No entanto, esse trivial menu próprio às superficialíssimas[1] conversações em amizade era vez por outra interrompido, entrecortado, a modo de intermitências criadas pela passagem de alguma fêmea no campo de visão de meu amigo.

Embora seja tentador reproduzir as *palabrotas* que meu amigo lhes dirigia, elas jamais teriam o mesmo efeito aqui. Além do que, o júbilo, o desespero, o ponto mais próximo ao êxtase que sua fala alcançava a produzir em meus ouvidos dependiam menos do sentido sexual que elas evocavam – muitas vezes apenso a alegorias em que o reino animal era bem-vindo – do que da falta produzida, criada, *celebrada* – em uma palavra – em seu enunciar.

Embora, às vezes, meu amigo procurava baixar o vidro do carro – nem sempre chegava a tempo – para ofertar suas preces às suas musas, já estava muito claro, para mim, que não eram elas as destinatárias de seu gesto.

Cogitar que eu o seria, nada mais seria que outro gesto: tranquilizante.

---

1. as que jamais aceitariam um palavrão desse gênero, por exemplo*

*notas, nem pensar...

Prefiro servir-me de outro, outro gesto: escrevendo que aquele despejar de meu amigo, aquela entrega generosa, desinibida, despreocupada, orientada a uma satisfação notavelmente impossível que, no entanto, criava outra, em ato, poderia me ensinar algo sobre o ofício ao qual – grande mistério – me entreguei.

A começar pela palavra escolhida por meu amigo – ou teria sido ela a lhe escolher? – para nomear seus semelhantes: de cuja especificidade de sua composição ainda um outro gesto, o da leitura em ato, talvez pudesse recolher a chave em questão:

e abolir-se.

o fim da área de serviço

Sem surpresa – pois nada de novo –, a me surpreenderem – como de costume –, estas linhas passam a me entregar o que desejariam dizer em um momento preciso: que antecede a sua escrita.

Cogitava escrever – valha oxímoro! – algo a partir de um a.c.o.n.t.e.c.i.m.e.n.t.o? contemporâneo à dita época em que viveria: a extinção de um cômodo de boa parte dos imóveis novos construídos na cidade de São Paulo, pequenos apartamentos nomeados *studios* em cujas plantas não constam mais que um ambiente (sala/dormitório), uma cozinha, um banheiro. Às tarefas habitualmente realizadas no cômodo ausente, conhecido como "área de serviço" ou "lavanderia", se lhes oferece um espaço fora da unidade habitacional, geralmente uma área comum a ser compartilhada entre os condôminos, localizada no subsolo ou no andar mais alto do edifício, equipada com máquinas de lavar e secar roupas.

A ingenuidade da minha questão – essa piedosa... – me levava a pensar como seria habitar uma casa sem esse espaço – por que não dizê-lo? – poético?

Foi enquanto caminhava, me lembro, passando em frente a uma "lavanderia automática 24 horas", que a ideia deste conto surgiu. Anoto em meu caderno um título provisório ou tema a ser bordado. Passo a recolher imagens desses ambientes pouco frequentados das casas em que morei.

Invariavelmente, estão tingidas por uma penumbra. Acusam a incidência do sol, mas preservam uma região de sombra oportuna para as roupas a secar. Por alguma razão: imagens acompanhadas por um silêncio. Talvez, por não ser(,) um cenário comum às conversas que povoam uma casa; ou, por seu espaço em geral reduzido não convidar a presença de mais de uma presença; ou, ainda, por um preferir próprio àquelas que, nas tarefas ali realizadas, descobrem-se: protagonistas.

Mãos que se molham, se esfregam, se erguem... enquanto as palavras que habitam suas portadoras passam a se modular em outro ritmo, outra cadência, ensejados por essas tarefas próprias ao cuidado de um lar.

Poderia adjetivar, *curioso*, um se destacar das cenas que compõem um certo relato descontínuo, silente ele também, imaginário criado por uma luz que o torna tão ou mais real que o suposto real a que se costuma associar – por um desvio de perspectiva? – o nomeado "cotidiano". Restos, resíduos de um impiedoso fluxo temporal que se forjam em um decantar da experiência dessa mesma matéria, sem matéria? Talvez. Possíveis de se colherem a partir da disposição à escrita? Talvez, talvez. Destacar-se-iam, essas imagens, pelo seu brilho? Certamente.

*

Uma, com ares de inaugural, remete à *terraza* de uma casa antiga, uma pensão no bairro de Monserrat, Buenos Aires, alguma manhã de verão. Um jovem rapaz, estrangeiro naquela cidade, havia pouco tempo se mudado e, tendo deixado a casa de sua família de origem, tinha de haver-se com tarefas que, até então, eram outras mãos que lhas faziam. Para ambientar a cena, conviria acompanhá-lo subindo os primeiros lances da escada, após cruzar um pátio banhado com luz natural, que o levariam até a *planta alta* da casa, onde encontraria uma cozinha de espaços generosos, com uma ampla mesa retangular coberta com uma toalha de plástico suja, evidentemente, ladeada por compridos bancos de madeira. Há poucos inquilinos por lá, naquele momento, e ele apenas grunhe um *provecho* já que alguns estavam *desayunando* e recebe, diferido, ecos não menos vazios de *gracias*.

Em suas mãos, uma sacola de supermercado com cuecas e meias – *sujas*.

Para ter acesso à *terraza*, ele deve passar por uma portinhola de ferro mal pintada de cinza disposta em uma abertura lateral da cozinha. Abre-a com a mão que não segura a sacola. À sua frente, um amplo espaço aberto que se estende até a parte frontal do imóvel, recortado apenas em uma área retangular coberta de placas de vidro, próxima ao muro que limita a propriedade, à sua direita, por onde o pátio central da casa recebe a luz natural. Nota algumas cordas esticadas de lado a lado da *terraza*, algumas poucas peças de roupas a secar naquele momento de puro sol e nada de sombra.

Procura por um tanque de lavar roupas; o encontra próximo à porta de entrada, encostado em uma parede.

Delimitado o lugar, poderia vir a questão sobre *quando* nosso jovem rapaz estrangeiro teria sido tocado pela imagem em questão. Dizer a hipótese... seria creditar demais as possibilidades de uma resposta. Escrever, apenas: uma torneira aberta, um balde que se enche, um par de meias ensaboadas em mãos: a esfregar-se. No instante em que se tocam, por entre o tecido de algodão, ele sente, com a raridade que distingue esses momentos que em vão se procuraria d'escrever, com a violência sutil própria a esses acontecimentos inexistentes, com um grau de certeza que dura o necessário para abolir a mesma certeza que evoca... ele sente, se sente, se sente muito, se sente o suficiente para sentir:

faz sol.

eu: c'ria

Caminhava – como de costume. A paisagem: um ponto de ônibus no começo da Av. Santo Amaro, no encontro com a Av. Nove de Julho, em São Paulo. Deveria contar entre treze e quinze anos vividos até então.

Ainda não conhecia a palavra *angústia*, mas poderia atribuí-la ao que sentia *naquele momento*. Isso que sentia vinha acompanhado de pensamentos – a me interrogar. Não poderia suspeitar quanto tempo me faltaria para resolver a questão que, ali, se insinuava para mim.

Dizer que era o sentido de minha condição que reclamava uma resposta, talvez, fosse dizer muito; *naquele tempo*, o que estava a meu alcance era afirmar: eu *cria*.

Mas ainda com esse *crer* em mãos, eu continuava a ser interrogado: *por quê*? Não recordo ao certo se a resposta de Santo Agostinho já havia me chegado aos ouvidos – *porque é absurdo...* –, mas o que sim me lembro de haver afirmado frente ao acosso dos pensamentos era uma certa *posição* – que implicava uma ordem: eu deveria *crer* – era necessário –, em primeiro lugar, para que a realidade pudesse ser o que ela era – para mim. Sem o que chamava – por ter assim aprendido – de fé, nada teria sentido.

Sim... eu devia ter por volta de quinze anos, estar às voltas com a advento da adolescência, com a descoberta da sexualidade, pois foi mais ou menos com essa idade que o discurso religioso, católico, passara a me acompanhar por minha iniciativa, após ter recebido, quando criança, uma simples transmissão pela via de orações que minha avó e minha mãe me ensinaram.

Elas me acalmavam.

Sim... a pregação religiosa já criara raízes em mim, pois recordo de uma iniciativa que me ocorreu – e que soube refrear, por pudor e prudência –: interrogar uma mulher que aguardava o ônibus, como eu, sobre suas convicções religiosas.

Claro... era simples: caso ela não cresse no que eu cria, provavelmente eu voltaria a ser interrogado. Talvez, a questão que me clamava uma resposta teria que se haver com o único amparo disponível para sua própria enunciação; e aquele que respondia se deparar com a solidão de também ser aquele que perguntava.

Talvez, seja dizer muito que... – as questões fundamentais – *talvez seja, dizer muito que...* – de uma questão fundamental – talvez, seja dizer: ... *me tangere...* – estariam apresentadas desde um princípio.

A um-dizer-menos, a um-um-dizer, a um-diz-dizer – pena em mãos – quiçá um único gesto fosse suficiente: para *fazer questão.*

Sua fórmula, para este texto, entrega quatro ressonâncias:

eu: cria.
eu: c'ria.
eu: c'ria.
eu: cria.

quando saio a não-escrever

Tudo$_{(,)}$ começa antes: quando decido sair a não-escrever.

Ato seguido, passo a perceber meus movimentos sob outra luz: d'um preparar.

A decisão pela escrita – pelo tempo que se abriria ao s'escrever – promove efeitos imediatos em outro tempo: anterior à escrita.

Num preparar da escrita, nos aproximamos.

Pensamentos, palavras, atos, omissões:

Tudo$_{(,)}$ pareceria procurar uma frequência, um ritmo, uma cadência determinada: apropriadas a um texto por vir.

Um fundo de silêncio ganha corpo.

Uma passividade-ativa; uma ativa-passividade: predomina.

Um estado d'escrita: s'aprochega.

N'ele, tudo$_{(,)}$ pode passar: por uma simples razão.

D'ele, nada$_{(,)}$ pode se descrever: sem erro.

Com ele, um verbo qualquer$_{(,)}$ se exercita: a-nadear.

A *ele*, um desejo$_{(,)}$ se curva.

... um lugar para morar

(*domus mea : domus orationis*)

A *primeira imagem*: sob o sol da manhã, caminho; ao desviar o olhar do horizonte, vejo meu corpo: tocado pelo sol da manhã.

Embora ela se mova, trata-se de uma imagem *extática*.

hum: minha morada: entre a letra e a língua.

*

Talvez, imaginar-se uma vida, passe por buscar algo; por um tempo. *Naqueles dias*, seis meses antes do nascimento destas linhas, saía, pelas manhãs, a caminhar pelo bairro. Caminhar por caminhar, sim, mas, também, para repetir um gesto que me acompanha há muito: observar a fachada das casas.

Para mim, olhar as casas do lado de fora sempre fora uma atividade que me levava a um estado contemplativo. Como se as janelas e as portas, fechadas, me interrogassem; e me despertassem o desejo de habitar ali: em seu segredo.

Mas a busca, sim, a busca... *naqueles dias*, além de contemplar as distintas casas da região do Jardim da Glória, eu buscava *alguma em particular*. Não tão grande, não tão pequena, não tão luxuosa, não tão simples, alguma que estivesse à venda e pudesse acolher a mim e aos meus.

Ao mesmo tempo, enquanto caminhava, a pesquisar, eu pensava que se tratava de outra coisa; que, talvez, minha pesquisa me levasse a algum texto, à forma conto – por que não? – que tanto estimo por sua brevidade, sua leveza, seu convite a releituras. Eu caminhava sem saber se encontraria alguma casa que me agradasse e estivesse ao meu alcance – em verdade, nenhuma estaria *naquele momento* –, mas quiçá pressentisse que aqueles passos, sustentados por um certo desejo, não seriam, absolutamente, em vão.

⋆

A linguagem, sim, as palavras. Nada de novo. No entanto, esse pesquisar por pesquisar levou meus passos um pouco mais longe. *Em uma certa manhã*, percorro, dirigindo, uns quarenta quilômetros, até chegar a uma bucólica cidadezinha chamada Santana do Parnaíba. Estivera ali há uns vinte anos e ficara encantado com... bem, com as fachadas antigas dos imóveis localizados no *escueto* centro histórico do município, composto como reza a tradição: uma igreja matriz, sua praça, seu coreto; o prédio da prefeitura; uma escola municipal... e diversas casas antigas, cujas fachadas preservam o aspecto de sua arquitetura colonial. Uma frase se destaca das memórias de minha primeira visita por lá:

Um lugar tão antigo, tão bem preservado e, por sua vez, tão próximo de...

A continuação da frase original procurava se referir a São Paulo, suportando certa surpresa em que se podia chegar a uma localidade com tantos *ares de interior* com pouco tempo de deslocamento a partir de uma grande metrópole.

Mas se minha pesquisa acolhe também esses fragmentos de frases que retornam, concedo-lhe que faça o que bem quiser deles. Talvez, a surpresa que se busque sustentar(,) seja a mesma.

*

Estaciono próximo a um casarão azul celeste com janelas amplas e altas, dispostas a dois metros do chão, e outras menores, à altura dos passantes, talvez provenientes do porão do imóvel, construído na esquina das ruas Suzana Dias e Pe. Guilherme Pompéu. A certa altura, uma placa: ALUGA-SE; e um telefone. Fotografo.

Seria um erro versar sobre esses *nomes*. Se, segundo incertos relatos, dona Suzana (quem – vim a saber depois) teria sido neta do cacique Tibiriçá e fundadora da fazenda que dera origem à vila, e o tal Padre Guilherme, um exímio contrabandista de prata do século XVII, minha pesquisa convida a uma sutil suspensão: pela via de um ponto ao infinito qual abertura: aos tempos verbais. Assim, passando por alto esses nomes – não assim o que guardam –, tenho de escolher somente entre seguir direto pela via asfaltada de Suzana Dias ou subir pela ruela de paralelepípedos, inclinada e se estreitando ao final, desembocando em uma escada de pedras que dá acesso a outra rua. Escolho a via do padre que não é a do padre. Após percorrê-la, degustando seu suave aclive – tanto ou mais como essa construção –, as sombras das árvores que ladeiam os derradeiros degraus, o último passo com que chego à rua de cima... vislumbro a torre da Igreja Matriz, a oeste. Parto para lá.

Alguns metros avançados são suficientes para me indicarem que o caminho alternativo, pela via asfaltada, teria me levado ao mesmo lugar – a praça da matriz –, pois seu traçado era curvilíneo e contornava o quarteirão onde fica o casarão azul; o que me traz certa indiferença.

Ao chegar em frente à igreja de Sant'Ana, antes de subir os degraus e adentrar ao templo, sinto certo pesar em ter de recorrer a palavras aqui já ditas, como *estilo colonial*, *janelas altas e amplas*, *aspecto bem preservado*, *ares de interior*... ou buscar variações que dissimulassem a intenção de dizer o mesmo: impossível...

Bem, como seja, entro.

Como não recolher os efeitos do *blend* de aromas que emanam de construções como estas? Talvez seja possível realizar uma cata de suas nuances, suas fontes, suas variedades. A simples evocação desses odores presentificam a madeira maciça e envernizada dos bancos da nave, o veludo púrpura das almofadas dos genuflexórios e das cortinas do confessionário, o círio pascal e suas irmãs menores, o gesso das imagens em tamanho real, os vitrais e a penumbra, as folhas amareladas do missal e sua capa de couro... um amálgama povoado de doçura, fortes notas amadeiradas, vapores de cera e fósforos queimados, entremeados com certa fragrância predominante cuja manifestação – como se pode ler – desanuvia as alturas poéticas, qual um corte: ao entronizar – não sem certa sutileza, reconheçamos – os rarefeitos produtos daqueles que nos sucederão.

Vazia, a igreja está. São meus passos que vem a perturbar seu silêncio, ressoando em suas paredes de tijolos e no revestimento de madeira que recobre o teto pintado de azul, à antiga. Busco assento em um banco a meio caminho do altar. Sirvo-me da ausência do verbo. Fotografo.

Ao erguer a vista, respirando o barroco e seus detalhes, noto uma inscrição no alto do arco que antecede a região do altar, circundada por arabescos:

DOMUS MEA
DOMUS ORATIONIS EST
LUC. XIX

Busco na internet em alguma Bíblia digital o fragmento completo de onde fora retirada a citação. Encontro-a no versículo 46 do capítulo indicado do evangelho de Lucas. Ei-la:

[46] dicens illis scriptum est quia domus mea domus orationis est vos autem fecistis illam speluncam latronum

Uma de suas traduções ao português:

[46] Dizendo-lhes: Está escrito: A minha casa é casa de oração; mas vós fizestes dela covil de salteadores.

Algo, não saberia dizer exatamente o quê, me levanta uma suspeita. Recordo que os evangelhos foram originalmente escritos em grego. Pesquiso e encontro a seguinte versão:

[46] λέγων αὐτοῖς Γέγραπται Καὶ ἔσται ὁ οἶκός μου οἶκος προσευχῆς ὑμεῖς δὲ αὐτὸν ἐποιήσατε Σπήλαιον λῃστῶν.

Recorro ao tradutor para verter a versão original, em grego, diretamente para o português, sabendo que muitas edições da Bíblia foram traduzidas do latim. O que encontro:

dizendo-lhes que está escrito e que minha casa seja uma casa de oração, mas vocês fizeram dela uma caverna de ladrões.

Meu achado aponta para uma sutil diferença no tempo verbal: o verbo ser, no texto original, está conjugado no subjuntivo: "... que minha casa *seja* uma casa de oração".

Não sem surpresa por minha despreocupada pesquisa ter dado lugar a esse diletante exercício exegético, me ocorre – *voilá!* – arriscar uma in-ter-pre-ta-ção: ao meu estilo.

Sabe-se que os textos reunidos nas nomeadas "sagradas escrituras" pretendem representar a palavra de um Deus. O leitor atento recolherá, na inserção de um *um* inexistente na fórmula consagrada pela tradição cristã para dizer d'A Palavra, um discreto deslocamento que, logicamente, poderia causar certos problemas com as autoridades em outras épocas. Mas, antes que algum entusiasmo pudesse advir pela suposta evocação de um sutil parricídio, adianto que é um júbilo maior ao qual meu comentário gostaria de apontar. Bastaria, como costumo realizar diante de sua presença, acompanhar o gesto de mãos que incluiria, entre o um inexistente e a palavra que lhe segue, dois pontos: silentes. A frase ficaria assim, para retomar a escrita:

> *Sabe-se que os textos reunidos nas nomeadas "sagradas escrituras" pretendem representar a palavra de um: Deus.*

Se algum nariz ainda se retorcesse, bastaria ajustar a fórmula para: *...a palavra d'um: Deus.*

Pronto. O apóstrofe, tão caro à tradição d'onde esse Deus é adorado, poderia suavizar o caminho das leituras para acompanhar minha "ex-egese".

Sigamos. O texto diz que *está escrito* – em outro texto – que... minha casa... é / seja uma casa de oração. Onde se lê "minha" subentende-se: a casa d'um: Deus.

E aqui chegamos no *vivo* deste breve comentário (poderia convidar a imaginação do leitor a supor que o faria do alto de algum púlpito disponível na igreja de Sant'Ana, ou ainda chamar a atenção para essa coincidência entre o nome da igreja em que me meti para escrever esse conto e uma outra, d'onde um amigo das antigas se dava a ensinar; melhor não... pode-se supor que esse comentário me adveio enquanto meditava, sem meditar, no banco de madeira, entre os paroquianos ausentes, olhando para o alto, em direção à inscrição em questão).

Bem, olhando para o alto... a proposta de leitura, *ergo* interpretação, da inscrição em questão, se abre *entre* o indicativo e o subjuntivo do presente. Mesmo que se pudesse advogar em favor do segundo, amparando-se na versão original das escrituras em grego, apoiar esse gesto suporia confiar em algum fundamento estável que pudesse justificar tal escolha – conferir aos textos "originais" uma superioridade hierárquica em relação às traduções, talvez implicasse supor uma maior fidelidade deles àquilo que procuram expressar. Bem, mas... neste caso, trata-se da palavra... d'um: Deus...

Isso dito, nota-se que a outra escolha, pelo indicativo, padeceria da mesma fragilidade.

Nossa ex-egese nos convida, então, a *abraçar essa fragilidade* (esse tom, talvez, se deva ao ambiente onde me encontro...) e nos preocuparmos menos pelos fundamentos que pelos efeitos possivelmente a se recolher da escolha em questão. O sentido da inscrição se abre, permanece aberto, à decisão da leitura. Um: Deus que afirme *minha casa é uma casa de oração*, me parece, dá *ares de saber* o que seria a sua casa. Se se afirmasse, escrevendo – pois o que quereria dizer estaria escrito – *que minha casa seja uma casa de oração*, expressaria, em suas palavras, um voto, um desejo, algo que ainda não estaria a seu alcance.

Outra fragilidade – já que estamos... – seria assumir a necessidade de, para que essas palavras *soem verdadeiras*, lhes adjudicar uma fonte d'onde pudessem ter sido articuladas; algo como um órgão primordial, um corpo anterior, um ser?... capaz de *dissociar* coisas tão indistintas como *um saber de... / ou um desejo e uma casa de oração.*

Não fosse... certa alegria... que o fracassar estende a mãos que escrevem, concluo este exercício em proximidade com aquelas que, não posso senão supor, se deram a este ofício com uma ingenuidade comum. Recorro à *imagem* – tão extática quanto se queira – do princípio destas linhas, ... *sob o sol da manhã*, para lhe atribuir um apelo, bastando que o enuncie no condicional para respeitar sua soberana inexistência. O seu apelo, sem apelo, *se escreveria*: assim:

domus mea : domus orationis

nomear: os dias

Assim pedem passagem estas linhas: uma nova fórmula, um novo título.

No tempo que *separa* o anúncio de uma ideia e o momento de escrever provocado menos pela ideia mesma do que por um pressentir que a acompanha, uma perda se insinua: algo que faria objeção à possibilidade de escrever: essa *ideia?*.

As que aqui se vertem se percebem, em ato, como que exemplares: pois *nomear: os dias* se quis, em princípio, um relato onde os diferentes momentos de um dia, da aurora à madrugada, pudessem ser descritos em cumplicidade com uma sensibilidade que os recolhe, os aprecia, os celebra. Um certo esboço havia sido pensado, em que intervalos de duas a três horas receberiam um nome – a primeira manhã, a segunda manhã, o meio-dia, a primeira tarde, etc. – e um esforço descritivo procuraria passar à escrita certas nuances que os caracterizariam em sua singular manifestação. No entanto, *no momento d'escrever*, outra coisa é: o que pede passagem.

A figura que se oferece a um *escrever nessa direção* acena como uma forma humana *inclinada*:

Fora em outro livro que a fórmula *dar-se à escrita* se ofereceu a um personagem que se prestara a acolher a questão, talvez tão antiga quanto à própria escrita, sobre a possibilidade do escrever.

De minha parte, coube-me aquiescer ao desejo que suporta: essa questão.

*

Talvez, a função dos dois pontos em seu separar aproximativo, em seu aproximar separador, enseje um acaecer, na frase, de um espaço de ressonância. Sua presença, silente, convocaria um tempo de demora em que a leitura pudesse se expor a uma pluralidade própria à condição da palavra poética. Aí, habitaria: um in*decidível*.

Nada impediria que o projeto pensado por *nomear: os dias* se articulasse como tal. Mas, nada, também, convocaria a via escolhida no *momento d'escrever*.

Perguntar-se se seria possível transcrever o *que*, dos dias, se apaga em um *nomear:* tocar um limite?

Parece-me – só me parece – que desse lançar-se aos confins do verbo não se volta ao mesmo.

Sem rios para figurar, sem gafanhotos por companhia, resta-me o que me resta: uma pena sem pena, um trabalhar de mãos que me oferece uma simples imagem:

de um dia em que os dias, eles mesmos, pudessem, enfim, a mim: nomear.

Daí, outra fórmula, mais afim ao que desejaríamos dizer, escorre:

os dias : a-nomear.

a*casa*

... *comme d'habitude*, são elas, *aságuas*, quem acenam o caminho por onde deve seguir minha escrita. Um projeto de livro, o desfecho de um conto, a resolução de um romance e outras variações deste emaranhado sensível *brotam*, forçam passagem, exigem nascença por entre os vãos dos dias, das noites, de suas fábulas que acompanham outras fábulas como esta: que, aqui, segue...

Aságuas chegam a mim ao fim de um sonho. Anunciam-se ao instalar-se de uma região imprecisa, *entre* o sonho e a vigília, em que retornava, como tantas vezes, à casa onde meus avós maternos moravam. Aquiesço acolher uma questão que elas me estenderiam:

**Por que esse teu voltar-aí nos convocaria?*
A que seríamos chamadas?

A casa, *aquela* casa, não fora qualquer casa: *para mim*. E mesmo que um quarto de século nos separe, desde que fora vendida após a partida de meu avô, ela permanece em mim, reconstruída a cada vez em uma riqueza de detalhes cujo adjetivo solitário que me ocorre apor a esse obrar seria: *espantoso*.

Um *espantos'obrar*.

⋆

Ao empurrá-lo, abro o baixo portão da garagem, branco de pouco mais de um metro de altura; de ferro. Eu não repararia em minha mão o abrindo até que, aqui, estivesse chegado. Passo ao lado do fusca amarelo de meu avô, bem guardado sob o cinza das telhas Eternit, enquanto reparo no pátio frontal da casa, à minha direita, banhado por um sol vespertino a iluminar o piso de cacos de cerâmica vermelha, com uma ou outra peça em preto ou amarelo como reza a tradição. Há ali um pequeno canteiro de plantas, suficiente para abrigar a frondosa pitangueira, habitante há muito daquele lugar, quem, silente, me saúda.

Ao fim da garagem, outro portão, esse inteiriço, delimita o quintal do imóvel. A porta de entrada da casa, madeira maciça com uma portinhola em vidro no centro, está à direita. Encontro-a fechada, mas sem trancar, como de costume. Basta que gire a maçaneta para franquear seu acesso, passando de uma região de penumbra a outra.

Eis uma marca. Salvo o quintal, quase sempre imaginado sob forte exposição, os ambientes da casa estão marcados pela presença de um certo corte, algo que operaria como um filtro, trazendo espessura e profundidade a este nosso achado: um *espantos'obrar*.

A outra penumbra que aguarda meus passos ao cruzar a porta de entrada me dá as boas-vindas a um cômodo que não me fora jamais nomeado. Chamá-lo *hall* seria importar uma palavra que não circulava no tempo aqui tratado; a *vestíbulo*, soaria o impróprio da função que evoca com o mesmo tempo em questão; escolho *antessala* para batizar esse lugar poético por excelência d'onde se anunciam chegadas; e despedidas.

O *detalhe* deste ambiente, para mim, o que me traz sua presença, é um oratório disposto no alto da junção entre duas paredes, ao lado da porta de entrada, onde reside uma imagem de São Sebastião. O detalhe do detalhe: uma fraca, sempre acesa, lampadinha de cor avermelhada alumiando o santo.

Enquanto a observo, escuto o ruído da porta se fechando atrás de mim; um som compatível com o seu peso.

*

Amálgama. Eis a palavra que vem a compor o experimentado quando os cheiros daquela casa bem me recebem. O carpete antigo sob meus pés, sim, o tapete avermelhado da sala de estar, sim, a madeira envernizada da escada do sobrado, sim, o tecido de fibras grossas do sofá de quatro lugares e das duas poltronas também na sala de estar, sim, os cinzeiros fartamente alimentados por meus avós, sim, as velas a queimar diante de imagens no quartinho dos fundos, o lugar mais lúgubre da casa, sim, os pés de arruda, espadas de São Jorge, erva doce e tantas outras cujos nomes fugidios não impedem que as reconheça a dizer sim, elas também, como o abacateiro e sua sombra a recobrir o fundo do quintal, onde um exército de ferramentas e equipamentos de pesca se abrigam em uma construção cujo nome, não é de hoje, se resguarda deste obrar.

Decido caminhar até lá. Atravesso a sala, passo pela cozinha, seu piso vermelho, observo de soslaio a mesa redonda onde tantas vezes..., chego ao quintal. Coloco-me diante desse lugar erguido por meu avô como seu lugar de trabalho.

Mantenho um silêncio quase reverencial diante daquela construção. Não seria preciso que eu lá entrasse para que cada recanto seu já estivesse por mim mapeado. A frondosa bancada de madeira maciça ao fundo; as numerosas ferramentas ali espalhadas e penduradas na parede; caixas e gavetas repletas de pregos, parafusos, porcas, arruelas... de variados tamanhos; uma coleção de varas de pescar ao alto, sobrevoando o espaço, apoiadas sobre vigas de madeira logo abaixo das telhas Eternit; a máquina de costura a pedal

Singer de minha bisavó, mãe de meu avô, a um canto; um espaço livre ao centro.

Ainda assim, abro a porta; cruzo seu umbral.

Não mais que um instante fora necessário para que recebesse, além da reverberação dos ecos de meus passos no interior do recinto, o seu calor. Havia me esquecido da temperatura deste lugar, cuja localização no imóvel e ausência de janelas é pouco favorável à circulação do ar. Outro detalhe, captado de soslaio, que este entrar-aqui me permite recolher, se destaca a partir do que me chega de certas junções, das frestas desta construção implantada por meu avô no quintal da casa e que não figurava em sua planta original. Algo que apenas se insinua pela continuidade do piso por baixo do portão que separa a construção do quintal; e pela textura das paredes – em verdade, muros que ali já estavam a limitar o terreno da casa de suas vizinhas, ao sul e a leste, e a delimitar o quartinho dos fundos a oeste. É dizer, em um recanto pré-existente, à nova construção lhe foi necessária apenas um portão e um teto para inaugurar, aqui, um novo ambiente.

Neste rincão do imóvel, penso... meu avô construiu seu lugar.

*

Ao sair, encosto a porta, dou alguns passos em direção ao meio do quintal, de onde posso observar a construção de frente, ladeado pelo canteiro de plantas e pela janela vitrô da cozinha. A palavra, o nome, que, até aqui, resistira a ser recuperado por este obrar, não tarda a comparecer; silente. Antes de sua chegada, outras se ofereciam para realizar a mesma, simples, função de conceder, a algo, um lugar (neste caso, a um lugar, um lugar).

Galpão se oferece como acesso deste obrar ao espaço aqui reconstruído. Mas, talvez, ela não correspondesse ao aqui procurado. O exercício de acolhê-la, pese sua possível falsidade, deixa uma marca: própria à experiência de um nomear. Servir-me *dessa palavra – galpão* – e não outra –, dissemina as ressonâncias de seu som, evoca um certo espectro de imagens, convoca a materialidade de seu traçado escritural, a modo de companhia ao dito objeto, assim, nomeado.

Esse mesmo lugar, diante dos meus olhos – agora fechados –, nomeado como *oficina*, *barracão*, *ateliê*, *depósito*... não seria esse mesmo lugar.

Após degustar o que vertem essas palavras, a escolhida entre elas me interpela em particular. Repito-a algumas vezes, cotejando seus efeitos com o construído à minha frente. E me lembro: há outra palavra.

Galpão recobre outra palavra que, essa sim, em outro tempo, entrara não só por meus ouvidos a verdadeiramente nomear o lugar que meu avô construíra para si. Essa palavra, no entanto, não vem a sós. Em seu retornar, traz pela mão um jovem consigo. Convida-o a entrar nesse mesmo lugar em que, há pouco, eu revisitara. É a primeira vez que ele vai entrar ali após o desaparecimento daquele que o acompanhava.

Eu o vejo entrar, semblante de inominável tristeza, na *garagem do vô*.

Faço silêncio. Após alguns minutos, a mesma palavra franqueia o caminho do jovem que sai do recinto com dois objetos, duas relíquias em mãos: uma carteira de couro, marrom, e um canivete suíço, vermelho. Por um longo tempo, elas também o acompanhariam.

Entardece. Pressinto que meu trabalho por aqui se aproxima de um fim. Tendo podido, a *palavra justa*, por *aságuas* conduzida, retornar a seu devido lugar, posso, eu também, retornar ao meu.

Ao deixar a casa – *um deixar* que se estenderia desta a outras passadas e por vir –, noto surgir, da *palavra justa*, uma nova; a se escrever:

a*casa*.

... curioso pensar ...

Rua Colônia da Glória, subindo a ladeira, conduzido por uma mão que contava mais de oitenta anos. Lembro-me dos numerosos vincos em sua pele fina e macia, seus cabelos de algodão, as lentes esverdeadas de seus óculos, o vocativo que utilizava para se dirigir a mim, pronunciado junto a uma leve rouquidão que acompanhava sua voz: *nego*.

A ladeira tem lá sua inclinação, o que torna nosso deslocamento lento; juntos somamos quase noventa anos. Minhas pernas ainda são curtas; as dela, carregam muito tempo.

O passeio: missa das onze na igreja de Santa Margarida Maria.

Curioso pensar... minha bisavó e eu, em extremos opostos da vida, participando cada qual a sua maneira de uma celebração eucarística.

Talvez, Dona Ancila estivesse às voltas com a proximidade do fim, por isso sua frequência na oração do terço e na santa refeição. Sendo a última disponível na cadeia daqueles que poderiam se encarregar de uma criança naquele momento, não teve outro remédio senão me levar consigo à igreja.

Não poderia imaginar no que pensava quando o padre pronunciava palavras que, para mim, pouco ou nenhum sentido tinham. Passava o tempo a olhar para o alto do templo, a contemplar as estátuas e os vitrais dos corredores laterais, a observar os outros *feligreses* ali presentes, como as crianças costumam encarar os outros: com certo espanto...

Tudo ia bem para mim, suportando a situação com certa indiferença, bastando-me a proximidade de minha bisavó para que as coisas permanecessem em seus lugares. Até o momento em que percebo as pessoas deixarem seus assentos e começarem a formar uma fila no corredor central. Dona Ancila, para minha surpresa, também se levanta do banco e me leva pela mão: *venha*.

Em silêncio, participo eu também daquela pequena massa caminhando a passos lentos em direção ao altar. Não fazia a menor ideia do *para quê* daquela marcha. Quando chegados ao nosso destino, minha bisavó fecha os olhos e abre sua boca para receber uma bolachinha redonda, *branquinha-branquinha*, que o padre faria repousar em sua língua, semblante de devoção mediante.

Ato seguido, deixamos a fila e retornamos ao nosso banco por um dos corredores laterais da igreja.

Um grito explode no templo.

Sim, eu mesmo, o autor daquele choro sentido, cujas notas agudas reverberam em cada canto da nave, incomodando as orações dos fiéis recém-comungados e dissolvendo os efeitos apaziguadores que a refeição eucarística enseja criar.

Dona Ancila, como pode, tenta me acalmar.

Mas o que é que houve, nego?

Eu também quero a bolacha!

Mas você precisa fazer a primeira comunhão primeiro, meu filho.

Eu quero a bolacha!

Quando você for mais velho, nego...

... a bolacha!

O choro só se detém quando dona Ancila tece essa frase:

Em casa eu vou te dar uma bolacha dessas, tá bem?

O grito dá uma trégua, mas as lágrimas continuam a rolar pela minha pele de então, mornas e salgadas.

Encontro-me desconsolado.

De volta à casa, minha bisavó senta-me à mesa da cozinha e prepara uma água com açúcar para me acalmar. Enquanto beberico como um beija-flor, observo dona Ancila na bancada junto à pia, banhada de ouro pela luz do meio-dia a entrar pela janela-vitrô. Vejo como retira uma fatia fina de pão de fôrma da embalagem, colocando-a sobre uma tábua de madeira. Logo, abre uma garrafa de água mineral Minalba; com a tampinha, branca também, da garrafa, faz uma bolachinha redonda ao pressioná-la contra a fatia de pão.

Tendo lido seu gesto, neste momento eu já havia deixado o copo de água com açúcar sobre a mesa e me encontro ao seu lado, expectante, para receber a *minha eucarestia*.

Curioso pensar... embora soubesse muito bem que aquele pãozinho não era o verdadeiro, o que me foi negado, faço-me de vivo e agradeço o gesto de minha bisavó.

*

Décadas passadas, quando sou eu quem se ocupa da *proximidade do fim*, esse gesto acaece como figura – silente como toda figura – de outro gesto aqui em questão:

um *não*-justo ; *mas*-necessário.

EDIÇÃO André Balbo
CAPA Luísa Machado
REVISÃO Marcela Roldão
PROJETO GRÁFICO Leopoldo Cavalcante

DIRETOR EXECUTIVO Leopoldo Cavalcante
DIRETOR EDITORIAL André Balbo
DIRETORA DE ARTE Luísa Machado
DIRETORA DE COMUNICAÇÃO Marcela Monteiro

GRUPO ABOIO

ABOIO EDITORA LTDA.
São Paulo/SP
www.aboio.com.br

Grafia atualizada segundo o Acordo Ortográfico da Língua Portuguesa de 1990, que entrou em vigor no Brasil em 2009.

Dados Internacionais de Catalogação na Publicação (CIP)
Bruna Heller — Bibliotecária — CRB10/2348

A886c

Atuati, Rafael F.
... curioso pensar ... / Rafael F. Atuati. – São Paulo, SP: Cachalote, 2025.
129 p., [7 p.] ; 13,5 × 20,8 cm
ISBN 978-65-83003-72-0

1. Literatura brasileira. 2. Contos.
3. Ficção contemporânea. I. Título.

CDU 869.0(81)-34

Índice para catálogo sistemático:
1. Literatura em português 869.0.
2. Brasil (81).
3. Gênero literário: conto -34

Esta primeira edição foi composta em Martina Plantijn sobre papel Pólen Bold 70 g/m² e impressa em outubro de 2025 pelas Gráficas Loyola (SP).

FSC
MISTO
Papel | Apoiando o manejo florestal responsável
FSC® C008008

A marca FSC® é a garantia de que a madeira utilizada na fabricação do papel deste livro provém de florestas que foram gerenciadas de maneira ambientalmente correta, socialmente justa e economicamente viável, além de outras fontes de origem controlada.